AF196208

Tucholsky Wagner Zola Scott Sydow Freud Schlegel
Turgenev Wallace Fonatne
Twain Walther von der Vogelweide Fouqué Friedrich II. von Preußen
Weber Freiligrath Frey
Fechner Fichte Weiße Rose von Fallersleben Kant Ernst Frommel
Hölderlin Richthofen
Engels Fielding Eichendorff Tacitus Dumas
Fehrs Faber Flaubert
Maximilian I. von Habsburg Fock Eliasberg Zweig Ebner Eschenbach
Feuerbach Eliot Vergil
Ewald
Goethe Elisabeth von Österreich London
Mendelssohn Balzac Shakespeare Ganghofer
Lichtenberg Rathenau Dostojewski
Trackl Stevenson Doyle Gjellerup
Mommsen Thoma Tolstoi Lenz Hambruch Droste-Hülshoff
von Arnim Hanrieder
Dach Verne Hägele Hauff Humboldt
Reuter Rousseau Hagen Gautier
Karrillon Garschin Hauptmann
Defoe Baudelaire
Damaschke Descartes Hebbel
Hegel Kussmaul Herder
Wolfram von Eschenbach Schopenhauer Rilke George
Darwin Dickens Grimm Jerome
Bronner Melville Bebel Proust
Campe Horváth Aristoteles
Bismarck Vigny Barlach Voltaire Federer Herodot
Gengenbach Heine
Storm Casanova Tersteegen Grillparzer Georgy
Lessing Gilm
Chamberlain Langbein Gryphius
Brentano Lafontaine
Strachwitz Claudius Schiller Schilling Kralik Iffland Sokrates
Bellamy
Katharina II. von Rußland Gerstäcker Raabe Gibbon Tschechow
Löns Hesse Hoffmann Gogol Wilde Vulpius
Luther Heym Hofmannsthal Gleim
Klee Hölty Morgenstern Goedicke
Roth Heyse Klopstock Kleist
Luxemburg Puschkin Homer Mörike Musil
Machiavelli La Roche Horaz
Navarra Aurel Musset Kierkegaard Kraft Kraus
Nestroy Marie de France Lamprecht Kind Kirchhoff Hugo Moltke
Laotse Ipsen Liebknecht
Nietzsche Nansen Ringelnatz
Marx Lassalle Gorki Klett Leibniz
von Ossietzky May Irving
vom Stein Lawrence
Petalozzi Platon Knigge
Sachs Poe Pückler Michelangelo Kafka
Kock Korolenko
de Sade Praetorius Mistral Zetkin Liebermann

Der Verlag tredition aus Hamburg veröffentlicht in der Reihe **TREDITION CLASSICS** Werke aus mehr als zwei Jahrtausenden. Diese waren zu einem Großteil vergriffen oder nur noch antiquarisch erhältlich.

Symbolfigur für **TREDITION CLASSICS** ist Johannes Gutenberg (1400 — 1468), der Erfinder des Buchdrucks mit Metalllettern und der Druckerpresse.

Mit der Buchreihe **TREDITION CLASSICS** verfolgt tredition das Ziel, tausende Klassiker der Weltliteratur verschiedener Sprachen wieder als gedruckte Bücher aufzulegen – und das weltweit!

Die Buchreihe dient zur Bewahrung der Literatur und Förderung der Kultur. Sie trägt so dazu bei, dass viele tausend Werke nicht in Vergessenheit geraten.

Meine frühen Jahre

Lovis Corinth

Impressum

Autor: Lovis Corinth
Umschlagkonzept: toepferschumann, Berlin

Verlag: tradition GmbH, Hamburg
ISBN: 978-3-8424-8901-1
Printed in Germany

Ziel der TREDITION CLASSICS ist es, tausende deutsch- und
fremdsprachige Klassiker wieder in Buchform verfügbar zu
machen. Die Werke wurden eingescannt und digitalisiert. Dadurch
können etwaige Fehler nicht komplett ausgeschlossen werden.
Unsere Kooperationspartner und wir von tredition versuchen, die
Werke bestmöglich zu bearbeiten. Sollten Sie trotzdem einen Fehler
finden, bitten wir diesen zu entschuldigen. Die Rechtschreibung der
Originalausgabe wurde unverändert übernommen. Daher können
sich hinsichtlich der Schreibweise Widersprüche zu der heutigen
Rechtschreibung ergeben.

Vorwort

Lovis Corinth begann seine Erinnerungen aufzuschreiben, als unser Sohn Thomas zwei Jahre alt war. »Der kleine Junge«, sagte Corinth zu mir, »ruft mir die eigene Kindheit zurück.« Von da ab sah ich ihn am Schreibtisch.

Corinth liebte seine Heimat und vergaß sie nie. In seinem Atelier in Berlin hing ein Erntekranz. Als wir jung verheiratet waren, erzählte er mir, daß es der letzte Erntekranz sei, den er von daheim habe. Er nahm ihn mit sich, als er nach München übersiedelte, und er nahm ihn nochmals mit sich, Jahre später, als er nach Berlin zog.

Im Atelier in Berlin stand auch eine große dunkle hölzerne Kaffeemühle. Das war die Kaffeemühle seiner Mutter gewesen. Auch dieses Symbol vom heimatlichen Leben hatte er stets bei allem Wechsel der Städte mit sich genommen.

Der alt-ehrwürdige Schreibtisch mit der Roll-Lade, der dem Vater gehört hatte, der zog auch mit ihm mit. An diesem Schreibtisch schrieb Corinth seine Erinnerungen.

So gern und soviel erzählte mir Corinth ›von zuhause‹. Er machte mich so vertraut mit seiner Jugendzeit, daß es mir erschien, als hätte ich ihn damals schon gekannt. Dabei lernte ich ihn erst kennen, als er 45 Jahre alt war. Als er, wie er scherzend sagte ›mein Herr Lehrer‹ wurde und ich sein ›Fräulein Schülerin‹. Das war zur Zeit, als er in Berlin seine Privat-Malschule eröffnete.

Nicht genügte es ihm, mir von der Heimat zu erzählen. Er wollte sie mir zeigen.

Wir reisten, jung verheiratet, nach Königsberg, ans Kurische Haff und schließlich zu seinem Geburtsort Tapiau.

Wir standen vor seinem Geburtshause. Er zeigte mir im ersten Stock ein Fenster. »Dort war mein Zimmer, und da vom Fenster heraus habe ich als Junge mein erstes Bild gemalt. Ein kleines Aquarell.«

Ich wollte gern hineingehn, das Haus und speziell sein Stübchen zu besichtigen. Jedoch er hielt mich zurück. »Da wohnen jetzt fremde Leute, besser Du siehst es von außen.«

All die Kindheitserinnerungen waren ihm gegenwärtig geblieben. Von den reichlich urwüchsigen Scherzen, die er gemeinsam mit den andern kleinen Bauernjungen getrieben hatte, erzählte er mir lachend. Es blieb das alles so frisch in ihm erhalten, daß es mir 60 Jahre später gelang – in den letzten Tagen seines Lebens –, ihn daran zu erinnern, und ein schwaches Lächeln überlief die ernsten Züge.

Als unser Sohn Thomas 19 Jahre alt war, nahm Corinth ihn mit nach Ostpreußen, im Jahre 1924. Corinth war nach Königsberg zum Kant-Jubiläum und zu seiner eigenen Kollektivausstellung eingeladen. Er wollte dem Sohn die Heimat zeigen. Auch hinaus zum Kirchhof nahm er ihn, um ihm die Gräber der Eltern zu zeigen.

Lovis Corinth liebte seinen Vater abgöttisch. In unserem Wohnzimmer in Berlin mußte stets ein Porträt seines Vaters, welches er gemalt hatte, gegenüber seinem breiten Ledersessel hängen. »Es vergeht kein Tag«, sagte er oft zu mir, »da ich nicht an den Vater denke.« Und sein Blick weilte stets auf dem Porträt.

Doch ebenfalls seine Mutter, die starb als er 13 Jahre alt war, was er in seinen Erinnerungen besonders ergreifend schildert, hielt er hoch in Ehren.

Unsere Tochter ›Mine‹ erhielt ihren Namen im Gedenken seiner Mutter Wilhelmine. Von der Tochter Mine malte Corinth ein Kinderporträt, welches mit zu den Hauptwerken seines Schaffens gezählt wird und unter dem Titel ›Mädchen mit Zöpfen‹ geführt wird.

Obwohl mir, wie ich schon sagte, durch Corinths Erzählen seine Kinderzeit und Jugendjahre vertraut waren, so war mir dennoch das Manuskript im ganzen Zusammenhang unbekannt geblieben. Erst als ich nach Corinths Tode den Schreibtisch ordnete, fand ich es. Seine Worte auf der ersten Seite, in welcher Art und Weise er seine Biographie redigiert zu haben wünschte, waren mein Leitmotiv. Ich tat es in pietätvoller Liebe. Ebenfalls wählte ich das Bildmaterial und stellte es dem Buche folgend zusammen.

Corinth sprach mit unverkennbarem ostpreußischem Dialekt und lachte herzlichst, wenn ich, die Berlinerin, ihn damit neckte und ebenfalls versuchte, ostpreußisch zu sprechen.

Wir lachten wohl gern, jedoch im Grunde war sein Wesen ernst. Seine Heimaterde gab ihm Melancholie und Schwerblütigkeit. Aber sie gab ihm auch eine gewaltige Kraft, sein Lebenswerk auszuführen, das hohe Ziel zu erreichen, welches er seinen Gaben gesetzt hatte: daß aus dem kleinen ostpreußischen Gerbermeisterssohn ein großer deutscher Maler werde. Auch strotzende Sinneskraft gab ihm die Heimaterde. In seinen mittleren Lebensjahren malte er sich gern als Ritter, oder als ›Gröhlender Bacchant‹ oder ein blühendes Weib im Arm und den Becher mit funkelndem Wein zu den Lippen führend.

Da nun hier die zweite Auflage seiner Erinnerungen vorliegt, wird, dreißig Jahre später, eine neue Generation in den Seiten seines Buches blättern.

Ich glaube, heute wie damals, als das Buch erschien, wird der Leser erschüttert sein von der Treue der Bekenntnisse. Heiteres und Herzeleid, Gefahren, Sehnsüchte und Hoffnungen, berichtet mit der Fähigkeit zu gestalten, strömen dem Leser zu. Getragen von der Liebe zur Heimat, zeichnet Corinth in diesen Erinnerungen die Anfänge seines Lebens nach, die alle Vorbereitungen waren für sein großes Werk als Maler.

Lovis Corinth starb in Zandvoort in Holland am 17. Juni 1925. Er war, 67 Jahre alt, nach Holland gereist, um noch einmal die Werke von Rembrandt und Franz Hals zu sehen.

Charlotte Berend-Corinth

New York, Oktober 1953

I

Kindheit

Als ich als fünfjähriger Knirps zum ersten Male in der Schule gewesen war, lief ich auf meine Eltern zu und fragte sie: »Wann ist denn mein Geburtstag? Der Lehrer will es wissen.« Meine Mutter lachte und gab mir zur Antwort: »Segg, toon Koornaust!« Ich sah sie verdutzt an und war nicht klüger als vorher.

Erst viel später reimte ich es mir zusammen, daß die Bauern und einfache Leute wichtige Ereignisse relativ miteinander bekennzeichnen.

So wurde denn mein Geburtstag stets mit einer Roggenernte verbunden oder umgekehrt. Heute mache ich mir aus jener Äußerung eine ganze Geschichte:

Am 21. Juli 1858 war alles gerüstet, am frühesten Morgen auf das Feld zu gehen. Da jedenfalls das schönste Sommerwetter war und alles Gute auf die Ernte, wie auf die Geburt, zu weisen schien, so wurden, um die Arbeit schneller zu beenden, alle Menschenkräfte verwandt, über die man verfügte. Deshalb war wohl meine Mutter in ihrer schweren Stunde beinahe allein, und Haus und Hof war still wie ausgestorben. Als alle wieder abends in das Haus zurückkehrten, war wohl der neue Weltbürger bereits da. Gesund und wohlgeboren mußte ich sein, denn verhältnismäßig früh, den 8. August, wurde ich in der kleinen Stadtkirche zu Tapiau getauft.

Ich erhielt die Namen: Franz Heinrich Louis Corinth. Mein Vater war Bürger von Tapiau und meine Mutter eine geborene Buttcher, verwitwete Opitz. Meine Paten waren außer den Geschwistern meines Vaters der Kaufmann William Bauer, welcher an der Deime eine Dampferstation nebst einem Kolonialwarenladen inne hatte.

Ich schiebe den Vorhang beiseite, und wir sehen ein kleines ostpreußisches Städtchen. Kleine Leutchen gehen geschäftig ihrem Werkeltag nach; sie glauben, daß der liebe Gott das ganze Weltall expreß für sie allein gemacht hat.

Als Kind war ich für die Menschen, welche mit mir oder ich mit ihnen zu tun hatte - wie Kinder sein mögen - der Sonnenschein des

Hauses gewesen. Die Arbeiter und Tagelöhner, welche von meinen Eltern gehalten wurden, gingen ihrem Tagewerk mit ernsten und düsteren Mienen nach. Sie erhellten sich aber, wenn sie mich auf dem Hofe hantieren sahen, und wenn sie mir zuriefen: »Na Luke, wat deihst Du denn da?«

Oft stand ich im Gehöft an der hinteren Haustüre auf einem Absatz, welcher mit drei kümmerlichen, ungleichen und steinernen Stufen in den Hof führte. Darauf wimmelten schnatternde Enten und gackernde Hühner, ab und zu balanzierte eine Katze vorsichtig über das feuchte Steinpflaster. Außerdem hatte der Hof fünf nahe aneinanderliegende Lohgruben, zwei Kalkgruben und mehr nach der Mitte zu eine große Sumpfgrube. Meistens stand vor jeder Grube ein Gesell, der Leder herausfischte, mit Lederschurz und langen bis zu den Hüften reichenden Transtiefeln. Er prüfte den Werdegang zum fertigen und gebrauchsfähigen Leder; denn mein Vater war Gerbermeister und gehörte zu den ›Reichen‹, was ich von meinen Spielkameraden oft genug höhnen hörte, deshalb hielt ich es damals noch für schimpflich, reich zu sein. Zuletzt war er sogar Ratsherr geworden, und als ich diesen Titel, von der Mutter, vielleicht heimlich in stiller Stunde prahlerisch ausgesprochen, gehört und ihn wiederholt hatte, erhielt ich von ihr eine solche Tracht Prügel, daß mir die Lust, diesen Titel weiter zu nennen, für immer verging.

War ich entlang den Gruben gegangen, so schwenkte ich rechts von der Sumpfgrube ab, am Kuhstall und Schafstall vorbei, und ich traf auf die allergrößte Grube, welche mit trockener Lohe bis oben herauf ganz zugeschüttet war. Hier hatte man mich hineingehoben, als sie ganz leer war und dieselbe gefüllt wurde mit je einer Schicht Lohe und einer Schicht Leder. Daran reihte sich ein baufälliger, grünbemooster Bretterzaun, mit einem großen viereckigen Holzstoß aufgeschichtet, der zum Heizen für den Winter dienen sollte.

Die zweite Hälfte des Hofes war für die Landwirtschaft reserviert; mein Vater führte nämlich neben der Gerberei, wie dies oft in den kleinen Städten der Fall ist, einen grösseren Ackerbetrieb. Deshalb standen hier eingeengt Wagen bei Wagen; zur Zeit der Ernte war kaum Platz für die vielen langen Erntewagen, oder wie sie dort genannt wurden: ›Austwagen‹. Das Haus, welches den Hof flankierte, enthielt den Pferdestall und Kuhstall und dazu in einer Ecke einen großen Misthaufen.

Durch den vorher erwähnten Bretterzaun führte das schief in den Angeln hängende Tor zu dem hochgelegenen Ufer des Flusses, welcher hier zum Kurischen Haff vorbeitrieb. Auf ihm verkehrten viele Reisekähne, auf denen die Kahnschiffer, mit langen Stangen längs dem Ufer entlang schiebend, mit Schimpfen und Schreien ihre Kameraden anfeuerten. Dieses Ufer war grün von spärlichem Unkraut: Löwenzahn und graues Bilsenkraut mit ekelhaft duftenden violetten Blüten wuchs dort. Das Ufer der anderen Seite erschien grüner und wir konnten leicht mit einem Stein hinüberwerfen. Auch lag an abschüssiger Stelle des Ufers ein Floß, auf dem meistens ein Gerbergeselle fleißig die Felle von der beizenden Lohe oder vom Kalk durch Hin- und Herschwenken im Wasser sauber schälte. Im Winter haute er eine Wuhne in das dicke Eis und steckte zur Warnung für offenes Wasser eine Stange mit einem Strohwisch hinein.

Oft beobachtete ich von dem früher geschilderten Treppenabsatz das ›Leben der Natur‹, wie es ungeschminkt von den Tieren in dem Hofe gepflegt wurde. Lachen erschallte aus der Küche, die ganz nahe an dem Treppenabsatz war, wenn ich um Hilfe rief, sobald der Hahn ein Huhn trat.

Manchmal tobte ich auf dem Hofe herum und fing Sperlinge. Die Salzbüchse in der Hand, versuchte ich mit aller Geschicklichkeit und aller Mühe, Salz ›auf den Zagel‹ der Sperlinge zu streuen.

Der Hof war meine kleine Welt. Mit den arbeitenden Gesellen unterhielt ich mich. Ich war immer an der Sumpfgrube zu finden, wenn ein Tagelöhner von den rohen Fellen die Schwänze, Klauen und Hörner herausschnitt, als erstes Stadium für den Werdegang zum fertigen Leder. Oft schnitt der Arbeiter Stücke rohen Fleisches heraus und warf es den gierig wartenden Katzen zu. Dabei entstanden wohl zwischen dem Steinpflaster blutige Pfützen, aus denen die Hühner dann begierig tranken. In der Nähe war hier das Gebäude, in welchem der Pferde- und Kuhstall war. Im Pferdestall stampften unruhig vier Füchse und zwei Braune hin und her. Die Pferde kannten mich wohl und behandelten mich ohne den geringsten Respekt ebenso wie mein Lieblingsknecht, welcher alle Tiere mit

Namen nannte. Ich war nicht wenig verwundert, als mein Lieblingsknecht mit meinem Vater einen bösartigen Streit hatte, und als sein gutmütiges Gesicht sich in ein böses widersetzliches Mienenspiel verwandelte. Er sollte betrunken gewesen sein und in diesem Zustande verstand eigentlich meine Mutter den Männern am besten den Kopf zurechtzusetzen.

Meine erste positive Erinnerung fand mich am frühen Morgen auf dem Rücken eines nervösen und beweglichen Pferdes. Mit beiden Kinderhänden hatte ich mich ohne Furcht in der gelben Mähne festgeklammert, auch hielt mich wohl einer meiner Halbbrüder desto sicherer oben fest. Dieses Tier war mit mir gleichalterig und war ein dreijähriger Hengst. Mein Vater hatte ihn eben neu auf dem Insterburger Pferdemarkt gekauft, und jetzt sollte er sich erst in seiner neuen Umgebung eingewöhnen. Von da ab hielt mich der Stall in seinem Bann. Sechs Füchse standen da und mit ihnen wurde ich bald intim bekannt. Alle Augenblicke bat ich, daß man mich aufsetzte. Den Weg vom Wagen nach dem Stall legte ich reitend zurück. Einstmals als das Tier unter mir gescheucht wurde, setzte es mich unsanft auf die Erde. Den nächsten Morgen sah ich mich, wie mein Vater meinen Kopf sorgsam an seine Brust gelegt in wiegendem Schritt auf und ab ging. Der Gefahren waren viele, die mich bedrohten.

Eine nächste Erinnerung taucht in mir auf, wie ich zwischen den Lohgruben mit einem Stöckchen spazieren ging. Ich maß nun eifrig die Tiefe der Gruben und neigte mich solange herab, bis ich – plumps – in eine hineinfiel. Ich zappelte aus Leibeskräften in dem braunen Wasser herum und schrie: »Au Otte, Au Otte!!« Ein Spielkamerad hockte an der Hintertür und sah meinem Treiben gespannt zu. Endlich lief er doch mit der Nachricht zur Küche. Nun stürzten die Mägde und alles, was kochte und kochen half, schnell herbei und zogen mich, vielleicht noch im letzten Augenblick, heraus. Ich lag im Bett und wurde durch einen heißen Tropfen aufgeweckt, der auf meinen nackten Körper fiel. Meine Mutter erzählte dem Vater, welcher wohl vom Felde gekommen war, von dem Unglück; ich sah meinen ausgestreckten Körper entlang, einige Stücke Borke waren noch kleben geblieben. Die Eltern liebkosten mich, und meine Mutter deckte mich stolz ganz auf und sagte: »Seh moal de lange Beene« und deckte mich vorsichtig darauf wieder zu, damit ich, weiter schlafend, mich von meinem Schreck erholen konnte.

Als ich dann mit der Zeit meine Nase höher hob und ich infolgedessen einen weiteren Horizont bekam, wußte ich nun auch, daß der Fluß, welcher bei uns vorbeiströmte, und von Dampfern und Kähnen belebt war, die ›Deime‹ hieß. Auf dem Ufer drüben nach links hin waren unsere Wiesen, wohin ich meinem Vater bei der Heuernte das Vesperbrot nachbringen durfte. Geradeüber an dem grüneren Ufer stand ein langes weiß getünchtes Gebäude im Empirestil mit spitzem roten Dach.

Schwarze, weiße und braune Gestalten gingen hier aus und ein, wie in einem Bienenkorb. ›Ostpreußische Besserungsanstalt‹ stand über dem Hoftor in goldenen Buchstaben. Aus einem ehemaligen Ordensschloß war dieses Institut, im Volksmunde ›Stidut‹, zurechtgebaut worden. Im Zusammenfluß von Deime und Pregel auf mooriger Erde ehemals errichtet und die kurze Strecke zwischen beiden Flüssen noch künstlich durch einen Graben verbunden. So stand das Gebäude ganz von Wasser umgeben. Dieser künstliche Graben spielte für mich eine sehr ernste Rolle, denn ich sollte hier unsere Enten hüten und sollte sie abhalten, daß sie nicht von dem Graben aus in die Gemüsegärten des Instituts hineinstrolchten und die ganzen Anlagen zerstörten. Hier sah ich auch den ersten Landschaftsmaler, welcher an einer Ecke der Anstalt, wo große Pappeln wuchsen, eine Studie malte. Es war der Maler Knorr, der Sohn des alten Kassenrendanten von dem Institut. Er ist bis heute nicht vollständig unbekannt geblieben. Dieses Institut hatte mit unserem Hause eine fortwährende Beziehung. Dadurch, daß es uns gerade gegenüber lag, wohnte in einer kleinen Dachwohnung in unserem Hause eine alte Aufseherin der Anstalt, denn weibliche Personen sollten dort auch gebessert werden. Die Aufseherin hatte eine Tochter Emilie, welche nur ein Auge hatte. Sie war die Freundin meiner Halbschwester Rike. Ich war ihr ebenfalls sehr zugetan und manche Zeit verbrachte ich oben in dem Dachstübchen, das mit uralten Möbeln und Nippsachen aus Porzellan angefüllt war. Die Kommoden hatten Löwenfüße und goldene verzierte Ringe zum Ausziehen der Schubläden. Sie zeigte mir auch ein wunderschönes Bild, welches immer vorsichtig aufgerollt war. Es stellte den König Friedrich Wilhelm III. dar, wie er auf einem herrlichen Pferde ritt. Ich konnte mich nicht genug daran satt sehen. Namentlich das Pferd mit den vortretenden Adern an den sehnigen Beinen. Sie erzählte mir dann auch von dem Reiterdenkmal desselben Königs in Königsberg und machte mich ganz sehnsüchtig darnach. Von ihr wurde mir die Kunstliebe in mein Kinderherz eingeimpft. Dann erzählte sie Sagen von dem alten Institut, das stets in meinem Gedächtnis ein unheimliches Gespenst blieb und durch die vielen Gefangenen auch stets eine geheimnisvolle Verbindung mit unserem Hause unterhielt.

Nicht allein brachten die braungekleideten Waisenkinder das Brennholz für die Aufseherin, sondern manches Mal verirrte sich ein armer entfliehender Gefangener auf unseren Hof und hielt von hier aus Umschau, ob die da drüben seine Flucht gemerkt hätten. Ganz unbemerkt blieb er von uns freilich nicht, denn es waren stets Arbeiter auf dem Hofe; doch kniff man wohl gern die Augen zu und ließ ihn laufen. Anders wurde es freilich, wenn ein fremder Strolch sich an Hab und Gut eines Bürgers vergriff, dann lief wohl der Ruf durch die Gassen: »En Deew! - En Deew!« und der Nagelschmied Schöntaub packte ihn und soll ihn zuguterletzt mit seiner Kneifzange ordentlich gezwickt haben!

Kehren wir nun zu meinem Hof zurück. Wir sind noch lange nicht mit seiner Beschreibung zu Ende, denn wir haben zuerst den einen Hauptbestandteil erwähnt: den Pferdestall, aber nicht den zweiten Hauptteil, das ist der Speicher.

Dieser war ein rotes Gebäude und schloß den Hof quer ab. Rotes Fachwerk fiel in die Augen, und durch die ebenfalls roten Luken konnte man die Felle stückweise sehen, wie sie an Stangen zum Trocknen gehängt waren. An den Ecken hatte man die Felle durch dünne Hölzer gespreizt, damit sie desto gleichmäßiger austrocknen konnten.

Der Speicher hatte auch ein großes Tor. Von hier ging ein Schauer hinein, wo die Schwalben ihre Nester angebaut hatten. Ging man durch dieses Schauer durch, so kam man in den Garten.

In diesem Garten waren aber weder Ziersträuche noch Zierbäume darin, sondern meine Mutter hatte aus ihm einen Gemüsegarten gemacht. So rationell wirtschaftete sie in allem, daß nichts umkommen durfte; sie hielt sich nicht einmal einen Hofhund, bemerkend, daß man dafür lieber ein Schwein fett füttern könnte. Da wuchsen, an dünnen langen Stangen gerankt, rotblühende Schabbelbohnen, ferner Kopfsalat, Zwiebeln, Petersilie etc. In einem verlassenen Winkel wuchsen bescheiden, auf eigene Veranlassung, gelbe und violette Schwertlilien. In einer Ecke war eine alte Kalkgrube, auf dem schmutzigen Wasser schwamm eine tote Kröte. Aber den größten Raum in diesem Garten nahm ein großer, fast haushoher Lohhaufen ein, von gebrauchter Lohe allmählich zusammengekarrt. Dieser Lohhaufen verleiht jeder Gerberei ihren eigentümlichen, säuerlichen, charakteristischen Geruch. Zum Herbst wurde dieser Haufen zu Lohkuchen (eine Art Torf) verwertet. Es war eine heitere Art, dieses Heizmaterial zu verfertigen.

Die jüngeren Mägde standen hochgeschürzt mit nackten Waden und Füßen auf einem erhöhten, mit Brettern belegten Gerüst. Unten zu ihren Füßen lag ein viereckiger Rahmen. In diese Form schüttete ein Knecht die nasse Lohe mit dem Spaten und die Mägde traten dann mit ihren Füßen, hüpfend den Kuchen zurecht. Es war nicht anders, als die Kelter zu Vater Noah's Zeiten. Mancher derbe Witz wurde auf Rechnung der Waden gemacht, die durch das Springen zum Vorschein kamen. Dann gab es noch eine Art, aus den Überbleibseln des Leders Gewinn zu ziehen, nämlich das Leimkochen. Aus den Füßen, welche an den rohen Kalbs- und Schaffellen geblieben waren, auch aus Schwänzen und Ohren wurde ein Brei zerkocht, der dann zu gallertartigen Massen erkaltete. Diese in einem Gefäße erkaltete Masse wurde in großen Würfeln herausgehoben; durch ein Pferdehaar zerschnitt man den Würfel in dünne Scheiben, legte sie auf Rahmen mit Netzen und trocknete dann die flachen Leimstücke an der gleichmäßigen Wärme des Sonnenschattens. So gab es fast nichts, das nicht von einem tüchtigen Geschäftsmann, was auch mein Vater war, zu irgendeinem Wert ausgenutzt werden konnte.

Kehren wir aber nun wieder aus dem Garten in den Speicher zurück. Eine Treppe hoch waren die Arbeitsräume der Gesellen. Hier, über große Tische die Leder gespreizt, krischpelten sie alle Sorten Leder weich und geschmeidig. Mit einem mondartigen Falzeisen wurden von dem Leder die ungleichen Stellen abgeschabt. Kein Laut wurde vernehmbar, nie hörte man Lachen oder Pfeifen. Aber von unten aus dem Erdgeschoß tönte ein stampfartiges knatterndes Geräusch herauf. Das war die Lohmühle. Diese nahm den ganzen unteren Raum auf der linken Seite des Schauers ein. Man mußte sich zuerst an die tiefe Dunkelheit des Raumes gewöhnen, denn die paar Fensterlöcher waren mit geborstenen Läden vernagelt, so daß durch die Spalten dieser Läden blaue Sonnenstrahlen auf die Striche der auf- und niederschwebenden Staubkörperchen heraufschienen.

Mitten in diesem Helldunkel stand ein großes, mächtiges, horizontal gelegenes Zahnrad, in der oberen Peripherie mit dicken Holzstacheln versehen, welche in die Löcher eines anderen Vertikalrades einpaßten, die dann mittels einfachster Konstruktion vier schwere eichene Balken, an den unteren Enden mit schweren eisernen Messern versehen, in Bewegung setzten. Während nun der Gaul im Kreise das große horizontal gelegene Triebrad drehte, griffen die einzelnen Teile ineinander, hoben abwechselnd die vier Stampfbalken und ließen sie dann von oben auf die zusammengeschichtete, in einem Trog gesammelte Rinde hineinschmettern, bis allmählich die Rinde zu ganz kleinen Stücken, beinahe pulverisiert, zerstampft wurde. Alsdann durfte der Gaul eine Pause machen, was er nickend und die krummen Beine ruhend gerne tat. Die Lohe wurde aus dem Troge herausgeschaufelt und wieder neue Borke zerschlagen aufeinander gehäuft. Dann ging es von Neuem los im alten Takt, im Kreise herum. Der Gaul für das Drehen dieser Mühle war immer der älteste und phlegmatischste. Schon seit langem hatte dieses Privilegium ›Der Jud‹. Ein Knecht hatte ihn so benannt, weil er vor undenklichen Zeiten von einem polnischen Juden an meinen Vater verschachert wurde. Die Augen durch eine lederne Maske verbunden, trottete er das ewige Einerlei des im Kreiseherumgehens. Wenn er einschlief, bekam er eine Rinde an den Kopf geworfen und durch ein lautes »Hü Jud« wurde er wieder zu schnellerer Gangart angefeuert. So wechselte der Takt des Stampfens, je nachdem der Gaul sein Tempo beschleunigte oder nachließ.

Man konnte das Geräusch mit dem Klopfen des Herzens vergleichen, welches anzeigte, in welchem Grade der Arbeitskörper im Gange gehalten wurde.

Zur Zeit des Mittagessens wurde im Speicher und Hof die Arbeit niedergelegt und Stille herrschte rings umher. Manchmal sollte ich die Gesellen zum Mittag zusammenrufen. Als ich aber einen Vers instinktmäßig hersang, wie ihn wohl aus Schadenfreude die Knechte mich gelehrt hatten, nach dem Rhythmus des Klapperns der Mittagsglocken auf den Gutshöfen:

»Koamt eete - koamt eete, ju fule Beeskreete!«

da bekam ich wieder eins von meiner Mutter mit dem Sielenstrang derb über den Buckel übergerissen als handgreifliche Lehre, daß mein Tun nicht für richtig gehalten wurde. Durch Prügel wurde ich deutlich und klar belehrt, was ich zu tun und was ich zu unterlassen hatte.

Diese Unterrichtsart, das Prügeln, wurde nur von der Mutter, als der höchsten Instanz im Innern des Hauses, an mir ausgeübt. Deshalb kam es vielleicht, daß ich meinen Vater, welcher sich um solche häuslichen Angelegenheiten nicht kümmerte, nach Kinderart viel lieber hatte als die Mutter. Heute kann ich verstehen, daß dieses furchtsame Gefühl vor Schlägen meine Mutter sehr geschmerzt haben wird. Uns allen war eine große Sehnsucht nach Liebe im Innersten der Seele eingeprägt. Diese Liebe aber durfte nie geäußert werden. Eher wurde sie versteckt, aus Scheu, zu viel Weichheit gerade gegen die zu üben, welche man lieb hat. Meine Mutter konnte ihren Charakter nicht verleugnen, welcher für Arbeit und für Herrschaft im Hause war, deshalb verlangte sie unbedingten Gehorsam von jedermann.

Eine Erinnerung taucht in mir auf: Wie ich eines Tages meiner Mutter in die Speisekammer nachschlich in der Hoffnung, etwas Gutes zum Essen zu ergattern, hing zufällig am Türpfosten ein steifer, verschimmelter Sielenstrang. Meine Mutter nahm ihn vom Nagel und hielt ihn in der Hand: »Da hau ek die Lue, wenn Du onartig best«. Nur zu bald sollte ich seine Bekanntschaft machen und erfahren, wie ernst es ihr damit war, dann verschwand er bis auf weiteres auf dem Himmelbett.

Aber wenn es auch bei uns streng zuging, so fand doch eine gut angebrachte Tat ein wohlgeneigtes Gehör bei der Mutter, da sie auch nicht ohne Humor war. Den verhaßten Sielenstrang nahm ich einstmals listig vom Himmelbett hinweg und schlich mich vom Hofe zur Deime und warf ihn dort weit weg in den Fluß, so daß er lustig stromabwärts schwamm. Mit keiner Silbe erwähnte sie mir gegenüber dieses Raubes, vielmehr werden sich alle eins gelacht haben und stolz gewesen sein über meinen Streich, den ich so schlau ausgeführt hatte. Meine Mutter hatte das absolute Kommando in der inneren Wirtschaft des Hauses. Mein Vater hatte genug zu tun, über die Landwirtschaft zu wachen und die Dispositionen über die Gerberei zu treffen. Es war eine Musterwirtschaft und dazu gehörte es, daß beide, Mann und Frau, ihr Teil Arbeit in festen Händen hatten. So wurde denn oft meine Mutter herausgerufen zum Schlichten eines Streites, der sich zwischen einer Tagelöhnersfrau und ihrem betrunkenen Ehemann entsponnen hatte. Ihrem Ausspruch wagte da niemand entgegenzutreten.

Zum einfachen Almosengeben wurde ich von ihr stets angehalten ohne jegliche Sentimentalität. Den ganzen Vormittag kamen alte Männlein und Weiblein angehumpelt, hustend und bettelnd. Meine Mutter spann fortwährend an ihrem Wocken. Jedem mußte ich dann einen Pfennig und ein Stück Brot aus dem Mauerschrank geben. Jeder trollte sich dann weiter mit dem Dankeswort: »Help de leewe Gotke«.

Wenn meine Mutter spann, stand ich am Fenster und schnitt aus Papier Pferde und Menschen aus. Vorgezogen wurde von mir steifes Papier – ich nannte es ›fett‹. Zufrieden war ich schon, wenn mein Vater von seinen Reisen nichts als ›fettes‹ Papier mitbrachte. Dann wurde sofort probiert, ein Pferd auszuschneiden und bald hatte ich einen Marstall zusammen. Die Fleischer und Bauern, welche bei uns ihre Geschäfte machten, bewunderten meine Kunst sehr und stets war auf ihre Frage, was ich wohl werden sollte, die Antwort meiner Mutter: »Tepper! dann kann he Bloome op de Schiewe moale«.

Meine Kunst bekam aber eines schönen Tages einen merkwürdigen, namentlich für das weibliche Geschlecht fast verletzenden Anstrich. Ich hatte nämlich in dem Pferdestall meinen Freund, den neu gekauften Hengst allzugenau angesehen und studiert. Das Pferd spielte noch eine andere Rolle und wurde zu diesem Zwecke manchesmal im Stall zurückbehalten. Mein Ohm kam aus Moterau auf einer Stute, denn diese Unterschiede kannte ich ganz genau, angeritten. Alsdann wurden die Tore des Hofes fest zugesperrt. Das Übrige wurde mir aber auf das Strengste vorenthalten. Meine Halbschwester, die Rike, schleppte mich manchesmal fast mit roher Gewalt in das Haus und verhinderte mich hier auf das Energischste wieder hinauszuflüchten. Ich hörte dann den Hengst wiehernde Laute heraustrompeten, und es war mir so rätselhaft, daß ich das Schauspiel auf alle Fälle sehen mußte. Deshalb war ich so schlau, in einem ähnlichen Fall, als wieder mein Ohm angeritten kam, daß ich mich auf dem Hofe hinter dem Holzhaufen versteckte und mich sachte heranschlich, als der Hengst aus dem Stalle geführt wurde. Was ich nun zu sehen bekam, konnte ich mir erst recht nicht deuten. Nun eilte ich, nachdem die Szene beendet war und das Pferd wieder in den Stall zurückgeführt wurde und die Stute an einen Wagen gebunden, in das Haus und konnte nicht schnell genug dasselbe Schauspiel mit allem, was ich gesehen hatte, mit meinen papierenen Pferden vor sich gehen lassen. Den Hengst mußte ich doch nun verändern und einzelne Gegenstände hinzufügen, welche ich vorher noch nicht genügend beobachtet hatte. Die Männer grifflachten und machten zotige Bemerkungen, welche der jungen Weiblichkeit, meiner Schwester und ihrer Freundin, der einäugigen Emilie das Blut in die Wangen trieb und sie am liebsten Reißaus genommen hätten. Vergebens wollten sie mich später überreden, die Kennzeichen des Hengstes wegzuschneiden, aber da kamen sie an den Unrechten. Was ich mit meinen Augen gesehen hatte, war nicht abzustreiten: der Hengst und der Bull, welch letzteren ich immer noch nicht zu meiner Zufriedenheit herausbekam, hatten eine ›Wurzel‹, wie mir die Knechte und mein Freund, der Zimmermann Bekmann, diese Unterscheidung vor den anderen Tieren genannt hatten und diese wollte ich absolut nicht missen.

Mein Freund, der Zimmermann Bekmann, welcher mir immer so schöne Zeichnungen machte, die ich so sehr bewunderte, wurde doch sehr energisch von mir anbefohlen, diese Merkzeichen der Männlichkeit nicht zu vergessen. Das passierte ihm namentlich dann, wenn meine Mutter unseren Zeichenübungen persönlich beiwohnte. So war mein Leben in den schönen Tag hinein. Bald aber sollte der ›Ernst des Lebens‹ herantreten, als ich in die Schule mußte. Lesen und Schreiben lernte ich spielend – aber das Rechnen wollte nicht in meinen Kopf hinein. Wenn ich mit den beiden ersten Teilen für ein Wunderkind ästimiert wurde, so verdarb der zweite Teil meine Schätzung vollständig, und ich mußte recht niedrig als Schüler eingeschätzt werden. Dennoch verleitete meine leichte Auffassung im Lesen und Schreiben meinen Vater zu der falschen Einbildung, ich hätte Kopp und sollte ein Studierter werden.

Oft sagte er und mit ihm die anderen Handwerker, Kopfarbeit sei das Schwerste, mache sich aber am besten bezahlt. So wurde ich mit allerlei wertlosen Kenntnissen vollgepfropft, und ich konnte nie genug lernen. Deshalb wurden auch sogar noch die wenigen freien Stunden genommen, und mein Vater ließ mir durch den Lehrer Böhm für einen Thaler im Monat Nachhilfestunden geben. Jeden Tag, selbst mittags von 12-1 und abends von 5-7, hätte ich nach dem Willen meines Vaters mich bei dem Lehrer einfinden sollen. Aber vielleicht war es so besser, wenn ich durch die anderen Jungens, mit denen ich spielte, überredet wurde, mich davon zu drücken. Der Lehrer lobte mich und stellte mich als Vorbild hin, so lange nicht gerechnet wurde. Aber dann wurde es umgekehrt, wenn das Rechnen aufs Tapet kam. Keine Zahlen gingen in meinen Schädel hinein, und schließlich lief immer der Lehrer Böhm händeringend in das Nebenzimmer und versuchte es dann an den Haaren und mit Prügeln, die Rechenaufgaben in mich hineinzukeilen. So war immer der Verlauf meiner ›Privatstunden‹. Am späten Abend war ich dann erlöst und durfte nach Hause gehen. Wenn es Winter war, steckte man mir eine kleine Laterne an, gab mir die Richtung in die stockfinstere Dunkelheit und mit Hilfe dieser Lichtquelle fand ich mich einigermaßen zurecht und ich war froh, wenn ich unser Haus erreicht hatte. Meine Eltern saßen friedlich am Ofen um eine neumodsche Petroleumlampe auf dem Tisch, welche die Wohnung verhältnismäßig hell erleuchtete. Die Mutter spann, der Vater las aus der Gerberzeitung oder erzählte eine gruselige Geschichte, daß ein Gefangener aus dem Insterburger Zuchthaus ausgebrochen sei und in unserer Gegend herumstrolchen sollte. Dabei ahnte niemand, welchen Kampf ich mit Lehrer und Zahlen bestanden hatte. Aus dem Nebenzimmer tönte Messergeklapper und Stuhlrücken und man hörte auch Teller auf den Tisch setzen. Bald kamen die Gesellen zum Essen herein, mein Vater legte die Zeitung fort, um seinen Platz am Abendtisch einzunehmen. Man saß meistens schweigsam und arbeitete mit den Kiefern. Nur wenn der Meister das Wort an jemand richtete, wurde es beantwortet. Ich selbst betrachtete oft den alten rotbärtigen Zauleck, wenn er ein Stück Hering mit einem Löffel grauer Erbsen im Munde nachschob: immer

dieselbe Backe wurde rund und dick. Wenn er es herunterge-
schluckt hatte, glätteten sich die Backen, um bald wieder anzufan-
gen. Neben diesem alten Gesell, der eine Art Faktotum des Hauses
war, saß ein magerer und andächtig aussehender Mann, welchen
wir ›Der fromme Gesell‹ nannten. Dieser ›Fromme‹ war eine Gat-
tung, welche des öfteren im Norden gefunden wird. Er hatte den
Zauleck vom Schnapstrinken bekehrt. Dieses Wunder hatte er voll-
führt. Niemals sah man diesen jetzt betrunken, wenigstens nicht
unter Leuten, und sorgfältig mied er den ›Krug‹.

Meistens hatte der ›Fromme‹ ihn bei den Rockschößen, Sonntag
vormittag und nachmittag wanderten beide, ein Gesangbuch unter
dem Arm, zur Kirche. Die Geistlichkeit war zu jener Zeit, als der
›Fromme‹ bei uns angestellt war, öfters bei uns zu finden, als früher,
wo sie nur von Amts wegen erschien. Aber jetzt ging der Herr Su-
perintendent in den Arbeitsräumen aus und ein. Der Herr im Zy-
linder und weißer Binde nahm sich recht merkwürdig aus unter
unseren Gesellen mit dicken Lederschürzen, aufgekrempelten
Hemdsärmeln und langen wasserdichten Kürassierstiefeln. So sah
ich den Pfarrer, wie er salbungsvoll mit unserm ›Frommen‹ sprach,
worauf dieser ihm demütig die Hand küßte. Der Zauleck aber
konnte sich zum Handkuß niemals bewegen, und unwirsch und
schüchtern beugte er sich vor seinem Gestell weit herunter, schnitt
mit seinem langen Schabeisen ein Stückchen Fell ab und fing mit
allem Eifer an, als wenn ihn der Besuch nichts anginge, das ganze
Fell abzuschaben, als wenn seine Seligkeit an dieser Arbeit hing.
Meine Stiefbrüder hatten anfangs an dem neuen Arbeiter die
Frömmigkeit entdeckt, denn sie schliefen in einem Raume zusammen und hatten ihn beobachtet, wie er vor seinem Bett das Abend-
gebet kniend verrichtete.

Seit dieser Zeit wurde er ›Der Fromme‹ geheißen, und wenn er
auch anfangs als komische Figur wirkte, wurde er später doch von
jedermann – selbst von mir – sehr ernsthaft genommen und sehr
respektiert. Wie gesagt, es kam in Ostpreußen und Skandinavien oft
vor, daß aus einem Saulus ein Paulus wurde.

In den einzelnen Bürgerkreisen meiner Geburtsstadt hört man oft
genug aus den Häusern Kirchengesänge und Predigten heraus-
schallen. Auch später bei meinen Studienreisen auf der Kurischen

Nehrung war ein Wanderprediger eine Figur, die respektvoll von jedermann angesehen wurde. Etwa so, wie ein Bettelmönch in den katholischen Ländern. Sogar meine Mutter fing an, sich mit diesen heiligen Dingen zu beschäftigen. Sie hatte sonst nur die Frömmigkeit gepflegt, die man sozusagen für das Haus brauchte. Da niemand sich ihr widersetzte, versammelte sie meinen Vater, ihre Kinder aus erster Ehe und mich um den Abendtisch am Ofen, stellte ihren Spinnwocken beiseite und befahl ein Kirchenlied zu singen, während ich als der Jüngste und vor Gott Unschuldigste ein Stück aus der Bibel vorlesen mußte. Diese ganze frömmelnde Handlung aber schien nicht ihren Beifall gefunden zu haben, denn niemals hat sich dieser Auftritt in unserem Hause wiederholt. Dagegen wurde von bestimmten Familien diese Frömmelei mit Stärke betrieben, wie bei Korbflechters Bark, und hierher ging auch jeden Abend unser ›Fromme‹. Sonst herrschte eigentlich überall eine natürliche, gesunde Frömmigkeit, d. h. Respekt vor der Kirche, welche aber nicht die Kirchenbesucher abschreckte, Kritik zu üben, namentlich über die komödienhaften Gesten des Superintendenten. Dieser liebte es, die wichtigen Bibelstellen mit hohlem Pathos zu unterstreichen. Mich selbst hatte man einmal in die Kirche mitgenommen, und seitdem schwärmte ich von den großen Bildern, die auf das Tonnengewölbe heraufgetüncht waren. Zu hohen Feiertagen kamen unsere nächsten Verwandten, der Ohm und die Tante aus Moterau, regelmäßig zum Besuch und zum Kirchgang. Es war für mich immer ein spaßhafter Vormittag: alle Welt machte sich zum Kirchgang schön. Mein Vater stand vor dem Spiegel, das Gesicht eingeseift, und rasierte sich. Dieses zu beobachten, machte mir einen Heidenspaß. Bald zog er die Lippe lang und wandte sich dem Lichte zu, indem er die Stoppeln abkratzte, bald rundete er die eine Backe, daß das Messer darüber gleichmäßiger hinglitt. Der Ohm hatte das nicht nötig, denn er trug einen Vollbart. Zu dieser Zeit nahmen sie auch die Gelegenheit wahr, sich gegenseitig die Haare zu schneiden. Die semmelblonden Haare lagen nach dem mühseligen Geschäft über dem Fußboden, als wenn viele Simsons ihre Locken hatten lassen müssen. Nach der Kirche wurde dann ein besseres Essen aufgetragen mit einer Zinnkanne Braunbier, wobei die Predigt scharf durchgehechelt wurde und fast kein gutes Haar an dem Pfarrer blieb. Gegen Abend nahm man voneinander mit Kuß und Handschlag Abschied. Der Besuch stieg in den Wagen, und lange sah man ihm noch nach, bis das

Fuhrwerk hinter dem Blumengarten und hinter Klafts Berg verschwunden war.

Mit der neuen Woche drückte ich die verhaßte Schulbank. Die Ersten jeder Bank überhörten Biblische Geschichte, und der Klassenerste paßte auf, daß es still war, und schrieb die größten Schreier auf die schwarze Klassentafel. In der niedrigsten V. Klasse waren mit mir, der ich kaum sechs Jahre zählte, Jungens, die bereits zum Unterricht gingen und kurz vor der Konfirmation standen. Sie wußten nicht mehr vom Lesen oder Schreiben wie ich, und waren außer der Schulzeit auf dem Dorfe oder Gut Kleinknechte und halfen den Erwachsenen mit Handreichungen aller Art. Manchmal zeigte einer, an seinem Vordermann krieche eine Laus über den Rücken. Der Unterricht nahm seinen ruhigen Verlauf. Andere Lehrer hielten dann mehr auf Sauberkeit, manches Mal in der letzten Stunde am Sonnabend mußten wir alle unsere Schnupftücher vorzeigen. Ich hatte das meinige vergessen und zur Strafe bekam ich anstatt des besseren Zeugnisses auf grünem Karton eines auf gelbem, was weniger bewertet wurde. Die Aufschrift war bei beiden dieselbe: ›Zeugnis des Fleißes und Wohlverhaltens‹. Strafen, wie Überziehen und Schlagen mit dem Kantschu vor allen Mitschülern wurde als eine mehr ehrlose Bestrafung angesehen. So hatten zwei Jungens aus einem Kupfergroschen ein Silberstück gefälscht und das mußten sie mit dieser Prügel büßen. Der Klassenlehrer Böhm war zu diesem Akt eigens angestellt. Ich sehe heute noch, wie er die lange Lederknute auf die Sitzteile der beiden Delinquenten schwang.

Einst hatte sich ein kleiner Junge aus Königsberg in unsere Schule verirrt. Er sollte gebessert werden, denn sein Verwandter war an unserer Schule Rektor und verrufen als ein sehr strenger Mann. Das Kind hatte einen verprügelten Ausdruck und was wir in seinem Gesicht für finster und gehässig ansahen, war wohl nur seine namenlose Angst, in die Hände dieses grausamen Menschen gekommen zu sein. Wir ließen uns von ihm nicht bange machen, denn nach Kinderart rückten wir feindlich gegen ihn und wollten unsere Kraft mit der des Stadtjungen messen. Das war ihm noch das aller angenehmste, denn er verhaute uns in solchem Handgemenge ordentlich. Wir sammelten uns auf einen Haufen und schrien ihm aus gesicherter Entfernung nach: »Königsberger Boowke«! Aber dann war gleich der Rektor da und zog ihn an einem Ohr zur dritten

Klasse hin, wir folgten ihm ängstlich. Der Rektor schloß seinen Schrank auf und entnahm ihm eine niedliche kleine Lederpeitsche, die am Ende mit Blei verknotet war. Darauf legte der Junge sich, wie dressiert, über die Bank und wenn der Mensch bis dahin alles mit einer gewissen langsamen Gemessenheit, die ihm den Genuß steigern sollte, die Peitsche zur Probe schwang und auf die Stelle des Körpers fallen ließ, wohin sie treffen sollte, so ließ er nun seine Wut an ihm aus, die Hiebe fielen schärfer und zischender. Ich selbst verfolgte diese Exekution mit Interesse und während ich den Schwingungen der Peitsche am nächsten stand, beugte ich mich vor und sie traf mich an der Schläfe und hinterließ eine blutunterlaufene Schramme. Der Junge war vorläufig gerettet, denn der Rektor suchte alles anzustellen, mich zu besänftigen. Vielleicht war es Furcht vor meinen Eltern, die sehr angesehen in der Stadt waren, denn sie würden das wohl nicht so ruhig hingehen lassen. Aber vorläufig bemühte ich mich sehr, die Sache vor meiner Mutter zu verheimlichen, denn ich argwöhnte wohl, daß es von ihrer Seite auch nicht ohne Prügel abgehen würde.

Zu jener Zeit war der österreichische Krieg, ich erinnere mich, daß wir den Sieg der Schlacht bei Königgrätz in der Schule feierlichst begingen. Die Schule war anders organisiert, wie heutzutage, wo die Eltern und alles gegen die Ausnutzung der Kinder sind. Damals hielt jeder Klassenlehrer seine Schüler wie die Dienstboten. Wir wurden vom Lehrer Bogdan oft nachbehalten, nur um das kleingemachte Holz aus dem Stall in die Wohnung zu tragen. Dennoch zog ich diese körperliche Arbeit bei weitem meinen Nachhilfestunden beim Lehrer Böhm vor; da waren wir viele Jungen zusammen und jeder wußte viele Streiche zu erzählen. Ich lernte die Stunden beim Böhm schwänzen, stellte mich beim Turnen lahm und hinkte ihm etwas vor, daß er mich dispensierte. Auf dem Marktplatz zeigte sich ein Seiltänzer und ich blieb, bis es zu spät wurde. Außerdem hatte der Lehrer selbst sich sogar zu dem Schauspiel eingefunden. Unschuldig kam ich nach Hause und sagte niemand etwas von meinem Wegbleiben aus den Stunden. Außerdem geriet ich durch mein selbständiges Leben auf Abwege: ich stahl! Es pflegten auf dem Eßtisch kleine Geldsummen liegen zu bleiben, welche die Dienstboten meiner Mutter zurückbrachten und da liegen ließen. Wie es anfänglich geschieht, blieb es unbeobachtet, daß das

Geld etwas weniger wurde. Aber da nahm ich eines Morgens, ehe ich zur Schule ging, wieder eine ordentliche Summe zu mir. Ich hatte die Absicht, bei Schluß der Schule beim Bäckermeister Kraft die langersehnten Puppen aus Pfefferkuchen zu kaufen. Ich bekam aber für mein Geld so viel, daß ich es nirgends unterbringen konnte. Ich versuchte die Figuren in die Rock- und Hosentaschen, über den Bauch zu stecken, aber alles vergeblich. Überall ragten Köpfe oder Arme heraus. Endlich packte der Bäcker den Rest auf die vorgehaltenen Arme. So balanzierte ich, soviel wie möglich essend, mit meinen Frauen, Männern und Pferden nach Hause. Meine Mutter aber konnte von unserem Fenster aus gerade bis zur Bäckerei genau hinsehen und da wird sie wohl über mein sonderbares Gebahren arg verwundert gewesen sein, denn nachher kam ihr der Gedanke mit dem Gelde, denn sie hatte sich schon immer den Kopf zerbrochen, ob ein Dienstbote etwa die Finger darnach ausgestreckt hätte.

Als ich in die Wohnstube trat, saß meine Mutter auf dem Sofa und schrie mir entgegen: »Jung, Du hest dat Geld gestoahle!« Da entfielen mir all meine Brotfiguren auf den Boden und beschämt flüchtete ich mich in das Schlafzimmer, warf mich über ein Bett und vergrub mein Gesicht vor Scham in die Kissen. Jetzt erwartete ich nichts anderes, als daß ich zu Brei verprügelt werden sollte. Aber nein. Sie sagte mir einige ruhige, beschämende Worte und wandte sich von mir fort.

Mein Vater, der vom Felde kam, fragte ganz verwundert, was denn eigentlich vorgefallen wäre. Darauf erklärte meine Mutter mit verächtlichem Ton: »De Lue heft gestoahle!!« Darauf wandte sich auch selbst mein Vater, der sonst doch immer etwas tröstliches für mich hatte, von mir fort und man ließ mich allein. Wie gern hätte ich da die stärksten Prügel ertragen. – Diese Sache ist mir noch heute so unvergeßlich geblieben und wirkte damals dergestalt auf mich, daß von da ab alles, selbst das Kostbarste hätte vor mir liegen bleiben mögen. Ich hätte es nicht angerührt. Das war eine gute Lehre für mich gewesen, aber auf andere Sachen in der Schule paßte man nicht auf, so daß die ersten Keime von Untugenden in mein Herz gesät wurden. Zu der moralischen Führung war ja der Lehrer Böhm da, welchem mein Vater die Nachhilfestunden monatlich mit einem Thaler bezahlte. Meine Schwäche, den Rechenaufgaben gegenüber, war stärker, als daß der Lehrer es lange hätte aushalten können. Wir freuten uns alle beide, wenn ich die Stunden schwänzte. Der Lehrer Böhm drückte mehr als ein Auge zu. Meine Mutter, welche in der Häuslichkeit sehr viel zu tun hatte, war nicht von der Wichtigkeit der Schule so erfüllt wie mein Vater, denn der Mutter Wunsch war, ich sollte einst als Bauer auf einem Landgut wirtschaften. Mein Vater wieder war absolut dagegen. Es genügte der Mutter schon, wenn sie auf das Äußerliche, Handgreifliche aufpaßte und mir den moralischen Unterschied von Gut und Böse beibrachte.

Mein Vater wurde zu dieser Zeit sehr krank und wegen Unzulänglichkeit der kleinstädtischen Ärzte mußte er nach Königsberg fahren in die Obhut besserer Pflege und deshalb logierte er sich dort bei Verwandten von uns ein. Der Verkehr zu jener Zeit mit den Nachbarstädten Königsberg oder Wehlau oder Labiau geschah immer noch mit Fuhrwerk. Wenn Getreide oder Leder auf den Märkten oder an die Händler verkauft werden sollte, so belud man einen großen Leiterwagen, spannte drei Pferde nebeneinander und fuhr dorthin.

Nun sollte aber wirklich die Reise zum kranken Vater auf der neuen Eisenbahn vor sich gehen. Meine Mutter löste für uns 2 Billets vierter Klasse und nun fuhren wir in dem leeren Kasten nach Königsberg zu. Von dieser Stadt hatte ich Wunderdinge gehört; ich stellte sie mir eigentlich wie den großen Glasschrank bei uns im Wohnzimmer vor. Wie ich zu dieser Einbildung kam, wußte ich eigentlich nicht, aber ich blieb bei dieser einmal gefaßten Idee. Wenn der Zug an einer Station hielt, war ich verwundert, daß es noch nicht Königsberg war. Mit Mühe konnte ich nur beruhigt werden, daß ich aus dem Wagen nicht heraussprang und noch weiter fahren sollte. Endlich hatten wir die Stadt erreicht, aber ich fand sie nicht viel anders, wie meine Heimatstadt Tapiau; nur mehr Menschen, mehr Pferde und mehr Wagen. Mein Vater lag im Bett und weinte vor Rührung über unser Wiedersehen. Ich freute mich ja auch, ihn wiederzusehen, aber ich wollte doch das Denkmal sehen gehen, von dem man mir so viel Wunderbares erzählt hatte. Als mein Vater meinen Wunsch erfuhr, überredete er selbst uns beide, dorthin zu gehen. Meine Mutter, auch noch fremd in der Stadt, fragte sich zurecht nach Königsgarten, wo das Denkmal Friedrich Wilhelms des III. stand. Hier auf weitem Platz mit Anlagen sahen wir auf einem hohen, blank polierten Steinwürfel einen eisernen

Mann auf einem wunderschönen eisernen Pferde reiten. Das Pferd – für weiter hatte ich keinen Sinn – war genau so wie auf dem Bilde, welches mir die einäugige Emilie gezeigt hatte. Das Pferd hatte ebenso ein Vorderbein aufgehoben, ich sah auch, daß es ein Hengst war. Wir Beide gingen ehrfürchtig herum und betrachteten dann die übrigen Figuren, welche dort am Untersatz angebracht waren. Vier weibliche allegorische Figuren standen an den Ecken des Sockels von je zwei nackten Kindern umgeben. Wir dachten bei dem Anstaunen der nackten Kinder beinahe dasselbe. Meine Mutter sah sich nach allen Seiten vorsichtig um und als sie sicher war, daß niemand sie hören konnte, flüsterte sie mir ganz leise ins Ohr: »Kick Lue, de Jung heft ook son kleene Hoan, wie Du!« Dem Reinen ist alles rein und wir fühlten nicht, daß sie nackend waren.

Nach diesem Abstecher nach Königsberg blieben wir einstweilen noch geraume Zeit allein zu Hause. Bis endlich mein Vater gesund heimkehren konnte. Zum Empfang meines Vaters ließen wir unsern besten Wagen aus der Remise hervorholen, ebenso das Kutschengeschirr; die beiden Füchse stolzierten feurig und ausgelassen nach dem Bahnhof. Ich mußte dann meine Studien in der Gelehrsamkeit wieder aufnehmen. Etwas Neues kam noch hinzu: ich wollte nämlich ›Flötenblasen‹ lernen. Ich weiß heute noch nicht, wie ich auf den Gedanken kam, mir noch mehr aufzuladen, dennoch fragte ich den Böhm: »Flöte oder Violine, was soll ich lernen?« Wir entschieden uns für Flöte, die der Lehrer Böhm meisterhaft blies. Er hatte ein Instrument, das lang wie ein Spazierstock, aber viel dicker war, mit vielen Löchern und goldenen Klappen. Kaum fiel die Entscheidung, als mein Vater aus Königsberg eine reizende Flöte schicken ließ und mir schenkte. Sie war weiß lackiert mit silbernen Klappen und ich spitzte den Mund, wie ich es so oft gesehen hatte und dachte es mir leicht, darauf zu spielen. Aber die Enttäuschung war groß. Zu den Ohrfeigen für Rechnen gesellten sich die für das Flöteblasen, denn meine spitzen Finger konnten unmöglich die Löcher so luftdicht verschließen, wie mein Lehrer mit seinen dicken Fingern diese Art zu zeigen beliebte. Kurz und gut, es haperte an allen Enden und der Tragödie Schluß war, ich wurde Ostern nicht von der 3. nach der 2. Klasse versetzt.

Vielleicht war der kalte Winter, welcher eben vorüberzog, daran Schuld. Dort im Norden ist ein Winter ein ganz anderer Zeitraum, als man es sich im übrigen Deutschland denkt. Der Wind von Rußland läßt Flüsse und eigentlich alles erstarren. Man fährt auf zugefrorenen Flüssen mit Vorliebe, weil sie als natürliche Wege geebnet sind. Auf schweren Schlitten stapelt man Holz auf oder von den benachbarten Gütern große Fuder Heu als Winterfutter. Die Pferde werden scharf beschlagen, die Hufeisen geschärft als Schutz vor dem Ausgleiten. Diese Schlittenfahrten waren beliebt zu Festlichkeiten. Unter Tanz und dem Genuß heißen Grogs gehen die langen finsteren Abende zu Ende. Die Schule gab, wie im Sommer bei zu großer Hitze, ebenso bei allzugroßer Kälte, oft sogar mehrere Tage hintereinander Kälteferien. Gegen den Frost wurde ich mit großen wollenen, selbgestrickten Tüchern dick umhüllt von der Dienstmagd nach der Schule getragen und dort vorsichtig ausgepackt. Überall läuteten lustig die Klingelschlitten. Wenn dann der Schnee backte und weicher wurde, fuhren wir mit den beiden Füchsen, welche nichtstuend im Stall standen und Fett ansetzten, auf dem neuen russischen Schlitten zu meinem Ohm und Tante nach Moterau. Die Landschaft lag weit übersichtlich in feuchter Schneeluft, dort drüben über dem Galgenberg war ein kleines, alleinstehendes Gehöft, die Dächer dick mit Schnee bedeckt. Dieses kleine Gut stach meiner Mutter schon lange in die Augen, denn sie wollte es für mich, wenn ich größer würde, zur Bewirtschaftung kaufen. Das wollte mein Vater aber nicht hören und unwillkürlich zog er die Leine an, daß die übermütigen Pferde schneller liefen und Kapriolen machten. De Lue sollte kein Bauer werden. Die Landwirtschaft hatte er ordentlich aus dem FF kennengelernt. Das Geld, das man dafür hineinsteckt, ginge bald dabei verloren – und dann der fortwährende Ärger mit den Leuten: »Studieren soll er, und ein tüchtiger Mensch werden«. Dabei waren wir bald im Dorf angekommen, rechts bog man von der Chaussee in den Hof ein, hier stand ein großer Ziehbrunnen und dicht daran ein großer rauchender Misthaufen. Verschlafen kamen sie ihre Gäste empfangen. Im Hause flatterten die Hühner auf, daß die Federn flogen. Die Pferde wurden vorsichtig untergebracht, namentlich der Hengst sollte ordentlich angebunden werden, daß er nicht herumbeiße oder ausschlüge. Endlich saß man in dem heißen Zimmer. Wenn noch anderer Besuch da war, wurde Karte gespielt und geklatscht über die anderen Bauern und deren Kinder, oder irgend ein adliger Gutsbesitzer ausgelacht, wenn er vom Hof heruntermußte. So ein ›Herr

Von‹ mußte schon früh aufstehen, um Unsereinen zu übervorteilen. Das Winterfutter ist Hauptbedingung, die Masse Vieh über den Winter herüberzuhalten. Zwar verführerisch ist es ja, gegen bar Geld Heu zu verkaufen, aber die Reue kam dann bald hintennach. Der Rittergutsbesitzer aus Groß-Kuglacken kümmert sich um nichts, doppelt und dreifach wurde auf die großen Schlitten aufgeladen, als was der Wert des Heus eigentlich betrug und dann schnell vom Hof herunter, daß die Tore krachten. Dann lachte man sich eins, die Männer tief, die Frauen hoch. Die Petroleumlampe wurde angebracht und da konnten die Frauen unter sich über ihre Wirtschaft besser sprechen: »Die Dienstboten von heutzutage taugten alle nichts, die Majellens bekümmern sich um nichts und haben nur Liebesgedanken im Kopf.«

»Hat die Hilf'sche nicht alle Ferkel von der Sau totdrücken lassen?« –

»Majell, seg et, ut di wat em Leewe nuscht!« Endlich kommt eine Magd mit Heulen und Schreien vom Hof hereingelaufen. »Herrke, Herrke«, schreit sie, »de Hingst hewwt sek losgeräte un bet un schleiht de brune Kobbl.« »Gott's Donner, noch moal, des hew ek mi doch glick jedoacht«, sagt der Bauer, nimmt die Stallaterne und steckt den Lichtstummel schnell an, und alle laufen in den Stall. Da ist ein Getrampel und Gewieher, der Hengst steht da, die Nüstern hochgezogen, und zeigt die langen gelben Zähne, die Stute kneift die Ohren an und schlägt aus nach allen Seiten. – Endlich ist wieder Ruhe und man rüstet sich auch sowieso zu Abfahrt nach Hause.

Die Osterfeiertage waren aber nun durch mein Sitzenbleiben in der Schule uns allen vergällt. Böhm in seinem schlechten Gewissen sagte, ich wäre noch zu jung. Aber da ließ die Mutter durch mich fragen, warum denn Bürgermeisters Max versetzt wäre, der wäre ja noch jünger. Nachdem meine Eltern sich genug geärgert hatten, beschlossen sie ihren langgehegten Plan zu verwirklichen und mich nach Königsberg auf das Gymnasium zu schicken. »Da kann der Jung gleich bei der Schwester leben«, sagte meine vorsichtige Mutter. »Jedes Jahr einen Sack Kartoffeln zum Herbst und ein paar fette Enten für den Winter – da wäre er vor dem allerärgsten Hunger geschützt.«

Bei der Prüfung im Kneiphöfischen Gymnasium bestand ich für Septima, sollte aber im Herbst bestimmt nach Sexta kommen, sagte der alte Direktor, welcher die Prüfung vorgenommen hatte.

Ich kehrte bereits kultivierter zurück, denn ich sprach schon ›hochdeutsch‹. Jeder halbwegs Weitgereiste sprach anstatt der plattdeutschen Heimatsprache, die jeder verachtete und nur für das niedrige Volk da war, ein phantastisches Hochdeutsch. Mein Halbbruder Julius, dessen ›Indiefremdegehen‹ sich bis Frankfurt an der Oder erstreckte, war kaum bei seiner Rückkehr vor lauter Hochdeutsch zu verstehen gewesen. Nur eines verstand man, als man ihn fragte, wie es ihm dort gefallen habe, antwortete er lakonisch: »Too Huus is too Huus«. Unsere konservative Mutter nannte diese Art Sprache ›Messingsch‹ und sie sagte, wenn man ihr riet, mich gleich hochdeutsch sprechen zu lassen: »He wet es schon lehre, wenn hei mott«.

Nun wird wohl hier, wo ich mehr freie Zeit habe, bevor ich für immer nach Königsberg gehen sollte, am schicklichsten sein, eine Pause zu machen. Diese Pause können wir mit allerhand Kurzweil ausfüllen, z. B. über das Leben mit meinen Spielgefährten und die Zerstreuungen, welche in der kleinen Stadt den Einwohnern geboten wurden. Da war vor allen Dingen im Hochsommer das Schützenfest und der Wehlauer Jahrmarkt.

Das Schützenfest wurde von den männlichen Teilen der Bevölkerung veranstaltet. Die Männer teilten sich in Schützenkönige, Fahnenträger und andere Würdenträger. Diese höheren Offiziere trugen den Degen an der Seite, welchen sie von den Beamten des Instituts entlehnt hatten. Die Straßen waren mit Birkenbäumen verziert und der Abend vorher wurde durch einen Marsch durch die also geschmückten Straßen mit einem Zapfenstreich eingeleitet.

Am Tage des Festes stellte sich die Schützengilde in Reih und Glied auf dem Marktplatze auf. Die Offiziere mitsamt dem Schützenkönig sprengten an den ausgerichteten Reihen entlang, welche präsentierten unter Trompetenfanfaren. Der Schützenkönig und die Ältesten des Generalstabes saßen auf geborgten, prächtig aufgezäumten Pferden, welche der Gendarm und der beliebte Kontrolleur gern zu dem Fest herliehen. Der Schützenkönig und seine Vorgänger hatten breite Ordensbänder mit tellergroßen silbernen Medaillen über die Brust gelegt. Der dicke Bierwirt und der dicke Olck, beide Gastwirte und zugleich die Korpulentesten, taten sich besonders dick und waren nur noch an ihren dicken Bäuchen wieder zu erkennen. Dann zogen alle mit »Gewehr über« und dem Düppler Schanzenmarsch mutig nach den Fichten zu.

Dieser Nadelwald lag zwischen Tapiau und Wehlau und die große Chaussee durchschnitt ihn. An dem Waldessaum war die Festwiese mit Trinkbuden und dem Tanzboden. Am Nachmittage, wenn die Hitze sich gelegt hatte, fuhren die Honoratioren, dazu gehörten wir natürlich auch, die Geringeren gingen zu Fuß, nach der Festwiese und amüsierten sich hier nach Leibeskräften. Wenn die Sonne unterging und die Kiefern mit rotem Schein bestrahlte, nahm das Fest einen anderen Charakter an. Die Getränke hatten sie animiert und in der Dunkelheit trieb sich allerhand Gesindel herum. Die Landmägde aus den nächsten Dörfern und Gütern hatten sich eingeschlichen und oft verschwanden Paare in dem Gehölz oder tauchten wieder auf. Den nächsten Morgen zogen Liebespaare oder betrunkene Horden mit Gegröhle der Stadt zu. Der neue Schützenkönig wurde durch den ›Königsschuß‹ bestimmt. Er erhielt eine schön gemalte Scheibe, auf welche er den Meisterschuß getroffen hatte. Diese Scheibe hängte er als Ehrenzeichen in seinem Hausflur auf. So erhielten viele Bekannte von uns und entfernte Verwandte, wie der Drechslermeister Mehlhaas und der Bäckermeister Clafft, diese Ehrenscheiben, welche ich wegen der Malerei oft bewunderte. Es wurden sinnige Allegorien auf das Handwerk, welches der jeweilige Schützenkönig trieb, dargestellt.

Der Wehlauer Jahrmarkt war dann besonders wichtig für meinen Vater als Gerbermeister. Die Leder, welche er dort verkaufen wollte, wurden auf zwei gut gehaltene starke Leiterwagen aufgeladen. Des öfteren ließ er gleich mehrere hundert Scheffel Rips aufladen, die er zugleich in der großen Ölmühle verkaufen wollte. Dann fuhren wir dieselbe Chaussee, an welcher das Schützenfest gewesen war, nach Wehlau zu. Wehlau ist so nahe von Tapiau entfernt, daß wir bei klarem Wetter über die Wiesen hinweg die Fenster dort blitzen sehen konnten. Oder auch des Nachts beobachteten wir grusligen Gemütes einen Brand. Nach zwei Stunden Wagenfahrt erreichten wir eine lange hölzerne Brücke, die dicht bei dicht von Bettlern besät war. Meine Mutter gab jedem Bettelnden aus egoistischem

Aberglauben ein Almosen und so fuhren wir in langsamsten Tempo in die Stadt ein, denn es war streng befohlen, auf dem wackligen Holzbau in langsamstem Schritt zu fahren, daher stammt das Sprichwort: »Wer wagt, kommt nach Wehlau« – nämlich über die baufällige lange Brücke – »Wer zuviel wagt, kommt nach Tapiau« – wegen der Besserungsanstalt.

Als wir die Brücke aufatmend hinter uns hatten, kamen bereits die ersten Lederhändler heran und nahmen meine Eltern in Beschlag. Wenn der Markt günstig war, und wegen des siegreichen Krieges war er günstig, denn der österreichische Krieg war eben vorbei, und schon intrigierte Bismarck gegen Frankreich, so war Leder und Rips schnell verkauft und den Nachmittag benutzte man zum neuen Ankauf für eigene Bedürfnisse. Mein Vater ging mit mir auf den Pferdemarkt. Er ist der größte in der Provinz und namentlich werden viele russische Pferde importiert. Hier war die ›Schanz‹. Die Begleiter meines Vaters änderten sofort ihr Mienenspiel, wenn jemand von ihnen aufforderte auf ›die Schanz‹ zu gehen. Hier waren Buden mit ›Riesendamen, Seejungfern, Schießbuden etc.‹ und wenigen Trinkbuden mit Kellnerinnen.

Dann nahm mich wohl auch meine Mutter mit und kaufte, da die Gelegenheit günstig war, Schuhe für mich ein. Ganze Straßen waren Tilsiter Schuhmacher, Bude an Bude aneinandergereiht. Viel lieber waren mir noch die Thorener Pfefferkuchenbuden. Hier bekam ich dann die Taschen voll von Figuren aus Pfefferkuchen, welche ich früher ›gestohlen‹ hatte.

Am Schluß ging meine Mutter zu den Kähnen, wo man Elbinger Käse feilbot. Dieser war groß wie ein Wagenrad und mindestens wurden zweie davon erstanden. Abends fuhr man dann ebenso voll beladen wie am Morgen nach Hause, wo ich müde und schläfrig ins Bett gebracht wurde.

Die besten Beziehungen hatte mein Vater mit Fleischern; durch den Handel mit Fellen, Talg, etc. glaube ich, war eine Art Kartell zwischen Gerbern und Fleischern geschlossen. Dieses kennzeichnete sich auch in ihrem Zusammengehen als Gilde. Zu jener Zeit waren noch die Handwerker-Innungen und der Gewerbezwang. Meister mußte Jeder werden, welcher ein selbständiges Gewerbe ausübte. Ich erinnere mich des Fleischer-Quartals. Da wurden wohl die

Burschen zu Gesellen gekürt. In aller Morgenfrühe kamen die jungen Meister mit ihren Gesellen, mit dem Stadtmusikanten Däblitz an der Spitze. Ein Walzer wurde gespielt und alles drehte sich im Tanz. Der junge Hennig war namentlich berühmt als bester Tänzer. Ich stand im Hemde dabei und sah dem Trubel zu. Die meisten kannte ich dadurch, daß sie jeden Morgen das Fleisch in der Mulde brachten und stundenlang feilschten, bis sich meine Mutter entschloß, zum billigsten Preise Fleisch einzukaufen. Mit einem Hoch auf das Haus schloß das Frühvergnügen. Sie ließen alle »jungen Herren« des Hauses leben. Darauf sagte ich, ob ich auch junger Herr wäre, was mir ein allgemeines Gelächter eintrug.

Über dem Platz quer herüber stand ›die alte Gerberei‹, ein ähnliches Besitztum, wie das neue, in welchem wir wohnten. In dem Wohnhause links wohnte der Nagelschmied Schöntaub und rechts der Weber Mazat. Der Nagelschmied hatte seine Werkstatt auf dem Hof und neben dem Pochen jener Lohmühle erklang das Hämmern auf dem Ambos. Zuerst ein hoher Sopran, ›ping, pinkg‹, dann kam ein Anderer dazu, welcher im Baß hämmerte: ›Pang‹. Dann wechselte es, daß es lustig klang, in freudiger Arbeit der Schmiede: ›Pingpang, Pingpang‹. Der Schmiedemeister war ein finsterer, verdrießlicher Mann, vor dem ich ein gewisses Angstgefühl nicht unterdrücken konnte. Er hatte ein Steinleiden, was ihn oft vor Schmerzen wimmern machte. Desto besser war ich mit seinen beiden Söhnen befreundet, die mit mir fast gleichaltrig waren. Gustav war mein liebster Freund. Er war sehr gutmütig, hatte brandrote Haare und das Gesicht voll Sommersprossen. Heinrich war der ältere, der weißblond und lang war. Wir lagen entweder in der Schmiede herum oder bei uns im Pferdestall. Dazu kam noch ein anderer Junge ›Schlupps August‹. Seine Eltern waren jahrelange Tagelöhner bei uns und wohnten in einer Dachstube über Schöntaubs und dem Weber. Der Junge war durchtrieben, trotzdem er sich seiner niedrigen Stellung wohl bewußt war. Deshalb nannte ihn der humoristische Knecht, welcher Menschen und Tiere mit charakteristischen Namen bezeichnete: ›Rassassa‹. Wir spielten lustig und kindlich zusammen zum Ärger meiner Mutter. Ihr Wunsch war, im Blumengarten mit Herrschaftskindern sollte ich spielen. Einmal war ich dort, aber ich kehrte doch zu meinen alten Freunden fröhlich zurück. Zwar erntete ich an Sonnabenden manche Laus in den Haaren, aber bei der großen Wäsche wurden sie alle wieder vernichtet. Mit den Herrschaftskindern hatte ich nichts im Sinn. Als Fremdling und Eindringling mußte ich mich unterordnen, während ich wohl fühlte den Rang als Herrensohn, durch den ich ein natürliches Übergewicht im alten Kreise erhielt. Meine Mutter konnte zehnmal sagen: »Jung! goa in de Bloomegoade«, der Jung ging nicht, sondern er versteckte sich irgendwo, wenn sie es energisch befahl und kam erst zum Vorschein, wenn sie durch ihre anderen Betätigungen diesen Erziehungszwang vergessen hatte. Im Blumengarten war auch ›Fischer's Knäblein‹, ein verzärteltes Muttersöhnchen, welchen seine Mutter also genannt hatte, um die Distanz zwischen ihm und den anderen Jungens einzuhalten. Anders ging es bei uns, bei den Schöntaubs zu. Auf den Rat des ›Rassassa‹ sammelten wir Zigarrenstumpen; wenn sie im Rinnstein gelegen hatten, wurden sie am Herdfeuer in der Küche getrocknet, alsdann gingen wir in die Wohnung von Schöntaubs, wo wir wußten, daß bestimmt niemand darin war. Nun lag in der Wiege ein verwachsenes Kind mit altklugem Kopf, das raffte den Stummel an sich und rauchte ihn bis zum Ende auf. Das war der Robert, der von seinem mürrischen Vater nur ›Ossefrosch‹ genannt wurde.

Nun wollte man mich zum Sommersemester nach dem Königsberger Gymnasium bringen. Es wurde definitiv eingepackt:

Kleider für mich, ein Sack Kartoffeln, gebratene Enten, für meine Tante. Meine Mutter überlegte sogar lange, ob sie eine der fettesten Enten oder eine Seite Speck nicht meinem neuen Klassenlehrer durch mich übergeben sollte. Der Dampfer auf der Deime war bereits in Sicht und bald fuhr er bis zur Haltestelle an uns vorbei, so daß es hieß, nur schnell sich verabschieden. Aber plötzlich wollte ich nicht mehr, und wenn ich nicht wollte, war schwer gegen mich anzukommen. Mit allen Lockungen wollte man mich umstimmen. Endlich gab ich nach, als ich hörte, daß dort jeden Tag Zeichenunterricht wäre und der ›Kleene Fritzke‹ doch auch dort wäre. Diesen liebte ich abgöttisch, weil er mir immer Lokomotiven zeichnete. Über dem vielen Reden stiegen wir über den Steg zum Dampfer. Vorn am Glockengestell stand ein junger Bulle, der schläfrig wiederkäute. Die Taue wurden gelöst und nun fuhren wir, mein Vater, der sich noch zuguterletzt entschließen mußte, mich zu begleiten und ich, auf dem Pregel nach Königsberg.

Langweilig war die Fahrt sehr: Zu beiden Seiten flache Wiesen mit Vieh darauf. Auf dem erhöhten Mittelgrunde standen unter Laubbäumen die Gutshäuser. Endlich nach vier Stunden sahen wir die Türme der Stadt, und große Seeschiffe waren in reicher Anzahl, als wir die Festung durchfuhren, an den Ufern aufgereiht. Ich wunderte mich über die Raaen und die neue Konstruktion dieser Schiffe, welche ganz anders waren, wie die Reisekähne und die Witinnen, die ich so lange auf der Deime fahren sah. Endlich wurden die Taue ans Land geworfen, man schlang sie um einen Pfahl und der Dampfer zog sich heran. Ein Steg schob man über den Bord und wir gingen einem Menschenpaar entgegen, das schon von weitem gewinkt hatte. Mit ausgebreiteten Armen empfing mich eine lange magere Frau, die sich tief zu mir niederbeugte, um mich zu küssen. Ich sah aber nur einen einzigen langen Zahn in ihrem lachenden Munde. – Ich wollte sie nicht küssen, wenigstens kniff ich die Lippen ganz fest zusammen. Das war die Tante, welche ich noch nie gesehen hatte. Daneben stand der ›kleine Fritz‹. Aber seit der Zeit, wo er nicht bei uns gewesen war, war er sehr gewachsen und ein Schlosserlehrling geworden. Eine Blechflasche sah aus seiner blauen Arbeiterbluse heraus. So freudig begrüßte er mich nicht, wie ich wohl von ihm erwartet hatte.

Aber unbewußt war nun das Schicksal gekommen und führte mir die Person entgegen, welche auf mein ganzes späteres Leben den größten Einfluß haben sollte. Vom achten bis zum sechzehnten Lebensjahre lebte ich mit meiner Tante Tag um Tag zusammen und ihre geradezu infernale Genialität hat meinen ganzen Charakter bestimmt. Wie alle Leute aus den einfachsten Kreisen, denn ihr Mann war Schuhmachermeister, verfügte sie über einen grotesken Humor. Sie war die jüngere Schwester meiner Mutter und oft wurde ich beglückwünscht, daß ich es gerade so gut hätte, als wenn ich bei der wirklichen Mutter lebte. Vorläufig aber gingen wir in ihre Wohnung, Magisterstraße 41.

Die Wohnung, wo ich jetzt mit meinen Verwandten leben sollte, war im Verhältnis zu der unsrigen in Tapiau sehr klein: Zwei lange schmale Zimmer, aber noch einmal so hoch, wie unsere Stuben. Aus der größeren Stube ging ein Balkon auf den Pregel zu. Darunter war ein kleiner Hof mit einer alten Linde. Da konnte ich denn das Leben auf dem Pregel beobachten, welches noch reicher war, wie das auf der Deime. In dem Zimmer nach der Gasse zu war die Schusterwerkstatt vom Ohm aufgeschlagen. Der Ohm war klein und mager, um das Kinn wuchs ihm ein dünner, grauer Bart. Später bemerkte ich, daß der Gesell immer nach dem Fenster gegenüber schielte; es war dicht verhängt und hin und wieder kam ein nackter runder weiblicher Arm zum Vorschein, der vorsichtig die Gardinen etwas beiseite schob. Wenn der rotnasige Kommissär vorbei kam, blieb das Fenster dicht verhängt. Abends wurde die Schlafbank für mich aus dem Schrank herausgezogen zum ersten Schlaf in der Fremde. Morgens war mein Vater in aller Frühe nach Hause gefahren, ohne mich zu wecken, und ich war allein unter diesen fremden Menschen. Es war Zeit aufzustehen und zur Schule zu gehen. Noch im Hemd, ohne mich zu waschen, noch anzuziehen, sollte ich am Tisch mit gefalteten Händen ein ›Vaterunser‹ beten. Von allem Fremdartigen eingeschüchtert, gehorchte ich noch. Eine eingefangene junge Wildkatze kann nicht sanfter das Streicheln gegen den Strich von Menschenhänden ertragen als ich. Ebenso eifrig fing man an, mich zu lehren, wie ich mich ›benehmen‹ sollte. Jetzt brachte mich der gutmütige Ohm in die Schule. Der Unterschied zwischen den Kindern in der Klasse mit feinen Kleidern, mit breiten und weißen Halskragen, und meinen zerlumpten Freunden zu Hause, war sehr groß. Alles sprach Hochdeutsch. Als ich gar nach meinem Namen gefragt wurde, und ihn hart und breit nach Art der Bauern ›Caarinth‹ aussprach, schallte mir eine gellende Lache entgegen von allen den kleinen geschniegelten und gestriegelten Jungens und das Hohngelächter wiederholte sich überhaupt nach jedem Wort, welches ich aussprach. Als ich gerade dem Lehrer eine leichte Rechenaufgabe beantworten sollte und das ›Plus‹ und ›Minus‹ vertauschte, weil ich es noch nie gehört hatte, so daß das Resultat verkehrt herauskam, schien es dem Lehrer so frivol, daß er mich aus der Bank herauszog, mir eins mit dem Rohr überriß und mir streng befahl, mich auf meinen Platz zu scheren.

So! Die Erfahrung hatte ich nun gemacht: feiner und schöner sah es hier aus, aber die Prügel waren dieselben. In der Zwischenstunde, wo alles auf den Spielplatz eilte, versteckte ich mich in einem Winkel unter den Bänken. Mehrere Tage vergingen in ähnlicher Weise. Eines Tages fühlte sich unser Lehrer Bildat krank und sah bleich aus. Er wollte uns nach Hause schicken. Ich freute mich schon, merkte aber zu meinem größten Erstaunen, daß die Kinder ihn baten, bleiben zu dürfen. Warum gingen sie nicht lieber nach Hause? Doch wir mußten dableiben, weil ihn ein anderer Lehrer vertrat. Keinen Freund hatte ich für die Zwischenpausen, ich versteckte mich, wie bisher. Ich wurde immer wegen meines bäuerischen Dialektes gehänselt. Da faßte ich den festen Entschluß von jetzt ab nur noch hochdeutsch in der Art zu sprechen wie die feinen Stadtkinder.

Als ich mit diesem Entschluß aus der Schule nach der Magisterstraße ging, empfing mich meine Tante in ihrer gewöhnlichen Art und fragte mich wie sonst in der plattdeutschen Sprache. Ich antwortete ihr aber hochdeutsch, außerdem hatte ich mir fest vorgenommen die Tante ›Sie‹ zu nennen; genau wie ihre Söhne, der Fritz und der August, meine Mutter und meinen Vater ›Sie‹ nannten. Sie war nicht wenig verwundert über den Wechsel meines Benehmens, aber sie ließ es wohl zu. Es war auch keine gelegene Zeit, genauer darauf zu achten, denn ich hatte sie in einem Zank mit meinem kleinen Ohm gerade unterbrochen. Sie waren uneinig in etwas, was ich noch nicht verstand. Ich sah nur, in das Zimmer tretend, wie meine Tante tapfer gegen ihn schimpfte, und er, so gut es ging, seine Behauptung verteidigte. Als er nun gar noch die Hände zu Hilfe nahm gegen sie, die gut doppelt so groß war, da schubste ihn der jüngste Sohn, mein kleen Fritzke, gegen die Wand und sagte: »Was, Du willst meine Mutter schlagen?« Über diesen, beiden Parteien unangenehmen Zwischenfall, schien Ruhe einzutreten. Sogleich zog sich meine Tante in ihre Küche zurück, wo sie das Mittagsbrot bereitete. Das kochende Wasser siedete und plötzlich hörten wir ein Wehgeschrei: Das heiße Wasser war der Tante über die nackten Füße gelaufen und humpelnd und jammernd kam sie herausgestürzt. Mein Ohm aber tanzte triumphierend und jubelte: »Dat is goot, dat is goot!«

Das waren meine ersten Eindrücke aus der Gymnasialzeit. Oft sehnte ich mich nach Hause. Ich schlich auf die ›Lucht‹, wo der Gesell schlief. (Ein Bodenraum unter dem Dache wird in Ostpreußen ›die Lucht‹ genannt). Aus der Dachluke sah ich sehnsüchtig nach Osten. Ich bog mich weit heraus aus dem Fenster, ob ich wohl immer den Pregel aufwärts, den Kirchturm meiner Heimatstadt sehen könnte. Der Pregel, auf dem ich angekommen war, zog sich silbern, erst an Holzplätzen mit aufgestapelten Baumstämmen, dann durch grüne Wiesen entlang, dann sah ich wohl noch einen Turm, der gehörte aber leider zu einem Dorfe. Aber am Horizont verschwand dann alles in blauem Dunste. Erregt stürmte ich die drei Treppen hinunter in unsere Stube, stülpte meine Mütze auf und wollte mich fortmachen. Meine Tante stellte sich vor die Türe. »Wo willste Du hin?« rief sie. »Nach Hause will ich fahren«. Aber mit einem Griff lag die Mütze auf der Erde und ich war im Keller eingesperrt, in dessem Dunkel ich mich immer so sehr gefürchtet hatte. »Mit der Hand über den Dubs kannst Du fahren«, rief sie mir noch höhnend zu und verschloß die Kellertür.

So sehr ich mich sonst fürchtete, aber heute suchte ich gerade das tiefste Dunkel auf und drückte mich in einen Winkel. Ich wußte ganz genau, daß hier die Maden herumkrochen und die Kellerasseln längs den Mauern krabbelten. Ein Haß und eine Wut erfüllten mich und um keine Macht der Welt wollte ich mich finden lassen, denn schon hörte ich meine Tante, ängstlich und fürchtend, meinen Namen flöten. Sie war sanfter geworden und auch meine Tränen hörten auf zu fließen. Sie verstand es sogar mich umzustimmen, und ich mußte selbst unter Tränen lachen. Sie tröstete mich, daß bald Pfingsten heranknäme und dann könnte ich so viel und so oft ich wollte, nach Hause fahren. So war denn unser Verhältnis einigermaßen wiederhergestellt und ich nahm noch schluchzend die Bücher und vergrub die Hände in die Haare meines Kopfes. Es kamen dann auch jene Pfingstferien heran und ich eilte nach dem ›Honigplatz‹ an der Brücke, um mich nach der Abfahrt des Dampfers zu erkundigen. Den nächsten Vormittag konnte ich abfahren. Alles mögliche sollte ich nach Hause mitnehmen. Die Tante schärfte mir fortwährend ein, ja nicht ihr Geschenk für die Mama zu vergessen. Sie hatte Strümpfe für sie gestrickt und einen porzellanen Kaffeetopf gekauft. »Nur nicht zerbrechen«, sagte sie noch zu guterletzt. Mit Goldbuchstaben stand auf dem weißen Topf: »Ein jeder Tropfen erquicke dich«. Ich fuhr aber fort nach Hause. Nur der Gefangene an der Kette, welche gelöst wird, kann mich verstehen. Um die Ecke des Pregels, denn der Fluß bildet Inseln, von denen die letzte stromaufwärts, ›Der Kneiphof‹, ein Stadtteil Königsberg ist, sah ich noch den Lindenbaum und den baufälligen Balkon des Hauses, welches der Tante gehörte. Aber alles vor mir war mir weit erfreulicher, kam ich doch näher meiner Heimat und endlich war nun auch die Stadt und selbst ihre Kirchtürme verschwunden. Endlich – endlich sah ich die beiden Mühlen von Raddatz, wo man mich so oft mitgenommen hatte, und auf der Uferhöhe standen die kleinen, rotbedachten Häuser und die Kirche mit dem roten Turm. Alles erschien mir kleiner wie früher. Nun konnte ich schon die Fenster und sogar bestimmte Menschen erkennen. Der Dampfer fuhr langsamer und machte Anstalten an der Haltestelle zu landen. Da standen noch immer wie früher die Worte: ›William Bauer, Kolonialgeschäft und Dampferexpedition‹. Auch der abgebildete wilde, nackte Mann mit der Blätterkrone um Kopf und Hüften rauchte noch seine Zigarre. Jetzt stand ich auf der Erde und konnte nicht schnell genug nach Hause kommen. Meine Eltern hatten keine Ahnung, daß ich mit dem Dampfer kam, denn zu jener Zeit war man nicht so fleißig im Brief schreiben wie heute. Nun war ich im Hausflur und immer noch merkte niemand mein Dasein. Ich klopfte verstellt schüchtern an die Tür, wie es die Bettler zu tun pflegten, und öffnete sie ein wenig. Mit verstellter Stimme bettelte ich durch die Türspalte: »Schenke Se doch e Pfennig un e bedke Brod«. Meine Mutter, die wohl nur meine junge Stimme hörte, schrie heraus: »Marsch, go too Huus«! Ich aber riß nun die Tür auf und sprang jubelnd hinein.

Wir waren anfänglich allein, aber bald ging das Gerücht in Hof und Haus, ich wäre da, und die Stube füllte sich. Da kam die Schwester Rike von ihrer Arbeit, die einäugige Emilie, mein Vater und Halbbrüder aus der Gerberei, und alle freuten sich über mich, wie ich gewachsen wäre und wie ich sogar hochdeutsch spreche. Denn ich hatte mir nun auch vorgenommen, mit den Eltern und den engeren Angehörigen hochdeutsch zu sprechen, aber mit den Knechten und Dienstleuten das Plattdeutsche.

In der kurzen Zeit der Abwesenheit aber war ich bereits hochmütig geworden; ich hatte vieles von den feinen Stadtkindern angenommen. Mein bester Freund von früher, Schöntaubs Gustav, machte vor unserem Fenster allerlei Kapriolen, damit ich auf ihn aufmerksam werden sollte. Ich wendete mich aber von ihm ab und empfand nichts, als meine Mutter das Fenster aufriß und ihm zurief: »Jung! wascht too Huus goane!« Betrübt zog er fort. Aber meine Mutter bekam mich jetzt dennoch nicht in den Blumengarten zu den Herrschaftskindern. Am Nachmittage schon war ich mit meinen alten Freunden bereits ein Herz und eine Seele. Wir tauschten unsere Erlebnisse aus. In Haus und Hof schien mir alles neu. Ich mußte alles inspizieren. Meine schwärze Lieblingskatze hatte gerade Junge geworfen und zwei von den jungen Tierchen hatte man behalten. Nun hielt ich mich bei diesen den ganzen Tag auf. Ich wartete, bis sie Augen bekamen, bis sie die ersten Sprünge machten, und ich konnte mich an ihren Spielereien nicht satt sehen. Ich war immer ein großer Tierfreund gewesen, deshalb nannten mich alle im Hause ›Kattemajor‹.

Noch vor einigen Jahren hatte ich den größten Schmerz meines Lebens gehabt, ich hatte ein junges Kaninchen und ihm zuliebe ließ ich alle Katzen - Katzen sein und kümmerte mich nur noch um dieses Viech. Zahm und sanft lief es mir überall nach. Aber einstmals lag es auf dem Rücken und zappelte mit allen Vieren. Dann starb es. Niemals habe ich so viel Tränen vergossen wie um dieses Tier. Ich vergrub es im Lohhaufen, der im Garten aufgehäuft war.

Die Pfingstferien verliefen ruhig und guter Dinge, bis eines schönen Morgens der Briefträger einen schwarzgeränderten Brief ins Haus brachte. Die Tante teilte mit, daß ihr Mann, der Schuhmachermeister Horn, ganz plötzlich am Nervenfieber gestorben sei. Das Begräbnis sollte gerade an dem Tage des Schulanfangs sein. So fuhren wir nun wieder am Schluß der Ferien, mein Vater und ich, als Leidtragende in die Stadt zurück. Meine Tante erschien mir in den schwarzen Kleidern noch länger und magerer. Der Sarg war aufgebaut und darin schlief der kleine Ohm, der immer so gut zu mir war. Zu dem Begräbnis war ein sehr weiter Weg. Weit am Brandenburger Tor war der Kirchhof der Kneiphöfischen Gemeinde. Hier wurde er eingescharrt und dann wurden wir mit einem schönen Essen von meiner Tante bewirtet. Pudding mit Mandeln und Rosinen gab es und dazwischen rühmte die Tante ihr Zusammenleben und die Tugenden des Verstorbenen. »Wie die Engel im Himmel haben wir zusammen gelebt«, sagte sie weinend. So viel verstand ich wohl, daß das nicht wahr war.

Nach dem Begräbnistage wurde es still und einsam in unsrer Wohnung. Der Gesell ging fort, die dreibeinigen Schusterstühle, Spannriemen, der Tritt und die Schusterkugel wurden verkauft; das bedauerte ich sehr, denn nun konnte ich nicht mehr Speilen in die Sohlenstückchen hämmern, was ich eifrig mit dem Gesell zusammen als sein Schüler lernte.

Schließlich gewöhnten wir uns auch, daß wir zu zweit lebten. Aber das Begräbnisessen war das letzte, von dem ich in Gedanken zehren konnte. Die Tante wurde geizig und ihre Sauberkeit war nicht besonders glänzend. Sie wollte auf alle Weise sparen, was ich natürlich später erst verstand. Sie nahm sich eine alte Schlafstellerin. Sie sollte dem alten Grafen Bülow von Dennewitz die Wirtschaft geführt haben. Auf diese Weise lernte ich durch die Erzählungen dieser alten Frau die Geschichte der Freiheitskriege praktisch. Wenn die Schlafstellerin von dem guten Leben im Schlosse schwärmte, so wollte meine Tante auch nicht ihr Licht unter den Scheffel stellen. Darum erzählte sie die bekannte Geschichte von der einen Auster. Dorchen hatte sie von einem Festessen in der reichen Kaufmannsfamilie, wo sie diente, mitgebracht. Als wir sie aber sahen - »I wo nei«, jeder graulte sich vor ihr, so unappetitlich sah sie aus. Aber mein kleiner Fritz, der noch in der Wiege lag, hatte Mut, der wollte sie gleich essen. Wir streuten Zucker darauf und er biß tapfer hinein und schluckte das Tier herunter. Ordentlich gequiekt hat es noch. Derartige Unterhaltungen wurden gepflogen, wenn Frieden zwischen den Zimmergenossen herrschte. Aber wenn Krieg gegen einander losbrach, dann trieb die Tante ihren Ärger gegen die ›Person‹ so weit, daß sie die Möbel, welche der Schlafstellerin gehörten, mit Fäusten und mit Füßen maltraitierte. Die Feindin revanchierte sich in der Art, daß sie sich extra etwas Gutes briet. Früher wurde mir dann auf blankem Teller ein Kosthäppchen zugereicht – aber jetzt konnte ich mit langen Augen sehen, wie es an meiner Nase vorbeizog. So wurde ich als Mitleidender ästimiert. Dann wurde ihr gekündigt, bis das bißchen Geld die Tante wieder lockte, neue Mieter zu nehmen.

Meine Tante liebte ebenfalls Unterhaltungen, in welchen sie das große Wort führte. Waren wir allein, mußte ich ihr Zuhörer sein. Sie erzählte mir dann, wie sie zu Hause in Tapiau als jüngstes Kind übervorteilt wäre; nur diese alte englische Uhr in schmalem, hohen Holzgehäuse war ihr einziges Erbteil. Ich fand an diesem Möbel nichts. Die Uhr sah mich mit dem zinnglänzenden Zifferblatt ganz gleichgültig an. Die Tante aber konnte über sie so begeistert sein wie Homer über den Schild des Achill. Sie schwärmte von dem Meisterwerk: Monate, Tage, Wochen, Stunden, Minuten und Sekunden, den ganzen Kalender zeigte sie auf das Genaueste an, d. h., wenn sie ging, aber die Uhrmacher von heutzutage verstehen solche Schätze garnicht in Ordnung zu halten. Auch auf meine Familie ging sie näher ein: Mein ältester Halbbruder Fritz war ein jähzorniger Mensch; er sprang meinen Vater mit einem Messer an und der Neid brachte mich ebenfalls in Gefahr, von ihm ums Leben gebracht zu werden, aber die Rike nahm mich auf ihre Arme und flüchtete mit mir. So rettete sie mein Leben. Die Tante hatte natürlich Alles nur gehört, ich war so klein, daß ich mich nicht erinnern konnte. Aber wenn sie auch übertrieb, so mußte doch etwas Wahres daran gewesen sein, denn meine Halbschwester Rike führte auch diese Geschichte an und machte Anspruch als meine Lebensretterin, als sie in einer traurigen und ernsten Stunde viele Jahre später meinen Vater um Hilfe anflehte und mit diesen Argumenten zu unterstützen gedachte.

Der Geiz der Tante kannte keine Grenzen mehr. Durch nichts mehr gezügelt, tyrannisierte sie mich auf das Rücksichtsloseste. Ich sah wohl ein, daß ich in diese Stube keinen meiner Schulfreunde, die ich doch mit der Zeit gewann, einladen konnte, ohne mich zu blamieren. Auf der Straße mußte ich Umwege aufsuchen, um nicht gesehen zu werden von meinen Mitschülern, wenn ich Brote vom Bäcker holte, die sie dort selbst hatte backen lassen. Wenn ich revoltierte und sagte: »ich will nicht«, dann sagte sie befehlerisch oder sanftmütig, je nachdem mein Zustand es erforderte, damit ich gefügig würde: »Unsinn, die andern wären froh, wenn sie das auch tun dürften.« Das Brotholen war aber eine schwierige Arbeit. Drei Brote konnte ich nicht in die Tasche stecken, um sie bei gelegener Zeit zu verbergen. In der Schule war ›selbstgebackenes Brot‹ ein beliebter Artikel, nur mir behagte es nicht. Aus Ersparnis rührte meine Tante den Teig an, knetete ihn, formte ihn und trug ihn dann selbst zum Bäcker. Das Einzige, was sie mir nicht recht zutraute. Es wurde eine große Signatur H mit'm Kranz in das Brot geritzt, damit es zu unterscheiden war, dann durfte ich sie fertig gebacken holen. Der nächste Weg war an meinem Gymnasium vorbei. Dann wollte sie selbst die Kosten für das Backen der Brote ersparen, und da grade Winter war, steckte sie auch das Brot in den Ofen, damit es dort backen sollte. Die Folge war, es blieb roh und ungenießbar. Sie gab es dann an einen Bettler oder an einen armen Menschen, der neben dem Sparen auch noch seine Gesundheit dransetzte, und so wurde ihr das Brot teurer wie beim Bäcker.

Der Fritz, ihr Sohn und früher ›mein kleener Fritzke‹, war ein Maschinenbauergesell in der Fabrik Union geworden. Wenn er zu Hause war, nörgelte er unzufrieden an allem Tun der Tante herum und sagte hochtrabend: »um sich greifen muß man«. Sie zuckte dann nur die Schultern und dachte sich ihr Teil dabei. Aber sie mochte sich manches in ihrem Kopf herumgehen lassen. Der Wert der Häuser war im Steigen. Die Mieten der Wohnungen wurden sehr teuer; deshalb dachte sie die ›Lucht‹, wo ich früher nach meiner Heimat gesucht hatte, in eine kleine bewohnbare Mansardenwohnung umzubauen. Aber wenn der Sohn Fritz unter ›umgreifen‹ etwas andres verstand, verstand sie es doch, diesen Umbau auf das Billigste zu bewerkstelligen. Den billigsten Maurer nahm sie natürlich. Der aber sagte, es kostet alles viel Geld: Ziegel, Mörtel, Sand usw. Mörtel ? dachte sie. Ja! natürlich, der Sand müsse gereinigt werden; es beansprucht doch alles Zeit.

Ihr aber fiel ein, am Wasser in ihrer Nähe ist ja doch ein Neubau, und abends in der Dunkelheit, wenn wir nach 10 Uhr den Sand holen gehen, so ist er sogar gereinigt und so darf er nur angerührt werden. Deshalb band sie eine große Schürze um und mir ebenfalls eine solche, und dann schlichen wir zu jenem Neubau, wo ein stattlicher, schön gesiebter Sandhaufen prangte. Wir den Sand in die Schürzen und schnell nach Hause, immer längs dem Pregel entlang in den kleinen Hof, welcher unter dem Balkon lag. Sie wagte es, noch mehr zu holen. Aber ihr Schrecken: eine deutliche Sandspur verfolgte den ganzen Weg von Anfang bis zu Ende. In meiner Schürze war ein großes Loch, aus dem der Sand gesickert war. Ich weiß nun nicht mehr, ob sie es dennoch wieder gewagt hat nochmals zu holen oder die Spur durch Verscharren vorläufig zu vernichten. Mit wieviel mehr Recht hätte die Mutter bei diesen Manipulationen wohl sagen können: »De Lun hewt gestoahln!«

Mit dem Lernen und den Fortschritten in der Schule haperte es selbstverständlich bei derartiger Erziehungsmethode mächtig. Mein natürlicher Verstand reichte grade bis Quarta. Sexta und Quinta ging regelmäßig die Versetzung vor sich. Aber der Ordinarius von Quarta war bereits so verrufen, daß selten einer mit dem einen normalen Jahr diese Klasse absolvierte. Der Klassenlehrer war Oberlehrer Weyl, ein verbissener und mürrischer Menschenfeind. Ich hatte das Glück, an dem Gymnasium Lehrer anzutreffen, die lauter Originale waren. Die Interessantesten waren gleich in Sexta die beiden Cholevias, Vater und Sohn; der Sohn war spindeldürr und machte lineararartige Bewegungen, seine Rede auch korrekt und gemessen. Wir spielten ihm auf der Nase herum. Wie es vorkommt, hatte er bei seiner versteckten Feigheit ein weitgehendes Rachegefühl, das sich äußerte in dem Anpetzen von unfolgsamen Schülern. Er hieß bei uns der Storch. Der Vater war eminent dick, seine hängenden Wangen ruhten in weißen weichen Vatermördern. Er grunzte, wenn er sprach; er stöhnte, wenn er sich auf das Katheder wälzte. Er hatte hauptsächlich die deutsche Sprache und die Dichter zu explizieren. Die Schüler nannten ihn Kuggel. Mit diesem Kuggel hatte ich auf Untersekunda genug zu tun. Da Quarta für mich zum Stein des Anstoßes wurde, so will ich auch dabei etwas länger verweilen. Hier lernten wir fremde Sprachen, von denen meine Tante keine Ahnung hatte. Ihr lag auch mehr daran, daß ich im Keller für sie mit dem Fritz Holz sägte. Mit der Zeit lernte ich es gut. Außerdem mußte ich immer früher aufstehen, denn meine Tante liebte das Langschlafen. Ich mußte meine Stiefel wichsen und den Kaffee bekam ich regelmäßig zu heiß, daß ich ohne Frühstück in die Schule ging. Nur später hatte ich den Kaffeetopf abends im Winter in den warmen Ofen gestellt, manchmal friedlich neben dem Brot, was sich selbst fertig backen sollte, und dann versuchte ich morgens diesen aufgewärmten Kaffee zu trinken. Aber leider er war mindestens so übernächtig wie ich. Anstatt die Lebensgeister anzuregen, flaute er sie ab, denn zuerst mußte ich die braune Haut, welche wie eine Eisdecke über einem halbeingetrockneten Sumpf lag, abnehmen, und dann der Geschmack brrr! des aufgewärmten Getränkes. Dagegen wenn die Eltern herkamen um nachzusehen wie es mir ginge, war eitel Freude, die Stube geschrubbt, was ich auch lernen mußte, und mit Tannen ausgestreut. Die Tante brachte ihre Witze, ich, von ihr gelobt – was sollte mir denn nicht gefallen? – Herrlich gebratene Karbonade, und abends versprachen sie mir, in das Theater zu gehen. Der Zirkus aber war meine Leidenschaft. Zwar war ich auf dem allerhöchsten und allerletzten Platz. Die Barriere vor mir reichte mir über die Nase, so daß ich nichts hätte sehen können, wenn nicht ein mitleidiger starker Mann mich auf die mächtigen Querbalken gesetzt hätte, auf welchen das Gebäude gestützt wird. Hier saß ich nun in schwindelnder Höhe und übersah alles. Die kleinen Zwerge und von allen der kleinste, wie er immer größer und größer würde. Das Pferd, welches sich von einem andern bedienen läßt, an einer Flamme leckt und ein Schuß losgeht. Aber mitten in dem Schauen wurde mir auf meiner Höhe so beklommen zu Mute, wie man im Angstgefühl den Lehrer bitten möchte, herauszugehen, aber wie herunter kommen, wie meinem unbekannten Freunde sagen, er möchte mich herunternehmen, und nachher kam mir der Gedanke wohin? Ich rieb meine Hosen, welche an den Beinen schon ganz heiß wurden und dann ließ ich mich gehen. Mein Vater ging in das Theater, für mich war das ein unbekannter Begriff. Meine Tante riet natürlich Galerie und recht früh hingehen, so bekäme man einen schönen Platz beinahe wie ›Am Vieh‹ (amphi). Ich amüsierte mich nicht so gut wie im Zirkus. Meine Tante erzählte mir noch vieles über das Theaterspiel und seine verschiedenen Arten. Das feinste wäre das Trauerspiel, aber keine Opern! z. B. Don Schuan oder der steinerne Gast hätte sie einmal gesehen. Nichts Langweiligeres kann man sich denken. Weiter hört man nichts wie: »ja!« »nein!«, »ja!« »nein!« Dann war meine Mutter und Tante aber, nach dem Theater ermüdet, mit einer der wenigen Droschken nach Hause gefahren, nicht ohne vorher den kleinsten Preis ausbedungen zu haben. Zu Hause angekommen zog aber der Kutscher andere Saiten auf; den Tarif in der Hand behauptete er fest, er wolle sein gesetzlich Bestimmtes haben, widrigenfalls sie sehen sollten, außerdem wäre jetzt die Nachttaxe. Eingeschüchtert zahlten sie dann, was er haben wollte und verzogen sich eiligst in das Haus. Das waren die wenigen Male, wo meine Leute zu Nacht blieben. Wenn sie vielleicht genauer mein Leben inspizieren wollten, so gingen sie in dieser Absicht fehl.

Stolz war meine Tante auf meinen feinen Verkehr, sie konnte es meinen Eltern jeden Augenblick beweisen, daß ich von Hof zu Hof mit den Jungens vom Justizrat Matzen intim verkehrte. Das stellte weit in den Schatten den von meiner Mutter so sehr gehofften Verkehr mit den Herrschaftskindern im Blumengarten.

Ich aber empfand noch etwas anderes, wenn ich mit der Mutter jener Jungens in der Stube zusammen war. Sie saßen um einen Sack mit Schokoladenabfall gefüllt und aßen diesen nach Herzenslust. Ob meine Blicke allzu begehrlich waren, jedenfalls sagte einer von ihnen kauend und lutschend: »Nimm doch auch was, Corinth!« Ihre Mutter aber sprach von oben herab: »Ach der ißt so was nicht.« Während alle mich wie einen Wundermann anstarrten, mußte ich gezwungen lächelnd meinen Widerwillen zugeben und so ging auch dieser Genuß für Reiche für mich verloren.

Zu jener Zeit war es auch, als die Stadt Königsberg häufig von der Königsfamilie heimgesucht wurde. Zuerst kam der Kronprinz, nach einigen Jahren der Kronprinz und der alte König Wilhelm I. Im Börsengarten am Schloßteich wurde ein herrliches Fest, eine italienische Nacht projektiert. Der Börsengarten sollte von unzähligen Lampions und Feuerwerk erleuchtet werden, auf dem Schloßteich sollten die Gondeln ebenfalls reich mit Lampions geschmückt, herumfahren und vor allen Dingen das Schiff, welches den König und den Kronprinzen fuhr. Über den Schloßteich führt eine ganz schmale hölzerne Brücke, an die kein Mensch dachte. Meine Tante, welche sehr für derartige Aufzüge war, ging mit mir hin. Auf der alten hölzernen Brücke standen natürlich tausend Neugierige und darunter wir. Die Schutzleute schrieen durcheinander: »Nicht stehen bleiben!, weiter gehen!« Es half aber nichts, die Menge brach durch das Geländer und stürzte in das Wasser. Wir mitten auf der Brücke. Aber meine Tante verteidigte mich wie die Löwin ihr Junges. Sie stemmte mich mit aller Kraft nach der Landseite und endlich auf festem Lande atmete sie auf und fing an, sich zuerst für das Geschehene zu interessieren. Es war still auf dem Teich, die Lichter waren ausgelöscht. Da lief sie schnell zum Schloß mit mir, wo wohl die Rückfahrt des Königs sein sollte. Wir kamen mit den königlichen Wagen zugleich an. Es war ein spärlicher Ring von Zuschauern, aber alles ganz still. Der König mit seinem Sohn stiegen eiligst aus dem Wagen und eilten die Treppe hinauf. Ein Schutzmann forderte auf: »Kinder, schreit doch Hurra!« Aber nur einzelne verzagte kleinlaute Stimmen trauten sich heraus. Dann ging man am späten Abend zu Bett mit einer Erfahrung reicher im Leben.

Den nächsten Morgen erfuhr man, daß viele Menschen ertrunken seien, außerdem war das Telegramm an allen Ecken angeschlagen, welches der alte König an die Königin nach Berlin gesandt hatte. Nicht ohne daß zum Schluß der gütige Gott als Trost angerufen wurde.

Im Sommer zu den großen Ferien kam meine Tante mit mir zum Besuch meiner Eltern. Wir wurden feierlich empfangen. Nach alter Sitte wurde gleich alles Eßbare aufgetragen. Es war natürlich sowas für mich, der ich ordentlich ausgehungert war. Da stand eine ganze Schüssel mit Schmandsalat und viele harte Eier daraufgelegt. Ich nahm sofort die Eier, soviel ich erlangen konnte. Meine Tante wollte wohl zeigen, wie ich mich benehmen könnte und tadelte und verbot das eilige und gierige Essen. Meine Mutter, die sich freute, wie es mir zu Hause schmecken sollte, fertigte sie kurz ab: »Awer loat em doch.« Nun nach diesem Ausspruch zeigte ich zuerst, was ein ausgehungerter, zehnjähriger Junge leisten konnte, wenn zu Hause ihm alle Fleischtöpfe Ägyptens vorgesetzt werden. Die Tante blieb nur einige Tage und fuhr dann nach Königsberg.

Die Zerstreuungen, welche ich in den großen Sommerferien mir leisten durfte, waren das Schönste vom Leben. Ich wurde ein halber Landwirt. Die Getreidearten reiften. Der Rips wurde gemäht und die Tagelöhner machten sich nachher daran, die Leiterwagen in lange Austwagen zu vergrößern. Ein Plan aus starkem Segeltuch wurde untergelegt, damit das ganze Fuder Rips damit umgelegt werden sollte. So konnten keine Körner der allzureifen Schoten herausfallen und wurden mit flinken Pferden in die Scheunen gefahren. Auf dem Felde fing meine Arbeit an, ich schwang mich auf das Sattelpferd und fuhr von einer Hocke zur andern, während der Knecht und die Tagelöhner aufluden. Nachher kam aber das Schönste: das Ripstrampeln. Es ist das Biblische vom Ochsen, der da drischt. Ich als der Leichteste schwang mich auf das Pferd, nahm eines an der Hand und so überklimmten wir die mannshoch geschichteten Ripshaufen, welche, mit der Zeit immer niedriger heruntergetreten, allmählich ausgedroschen wurden.

War der Sommer trocken und heiß, so reiften Roggen, Weizen und Gerste sehr schnell aufeinander. Es kam vor, daß ich tagelang nicht aus dem Sattel kam. Dabei war ich fast unentbehrlich, und ich stand meinen Mann. Denn zur Zeit der Ernte wurde jeder, auch der schwächste Arbeiter gebraucht. Weil das Wetter umschlagen konnte, war Schnelligkeit die Hauptsache. Die Mäher fingen vor Sonnenaufgang an; ich hörte wie sie rühmten, daß der Morgentau die Halme steif und fest mache, so daß das Mähen sehr viel erleichtert werde.

Die Zeit verging nur zu schnell, wenn auch die Ferien um zwei Wochen verlängert wurden, weil die Cholera ausbrach. Aber jetzt drohte der Krieg mit Frankreich. Es wurde darüber viel gesprochen. Die Männer wurden ernst, denn es war möglich, daß manche gar nicht aus den Kriegen herauskamen. In dem Städtchen gab es viele, die den schleswig-holsteinischen Krieg, den österreichischen mitgemacht hatten und nun winkte gar der französische. Mein Halbbruder August mußte auch mit. Die Einzigen, welche einen Krieg von der romantischen Seite auffaßten, war der weibliche Teil der Bevölkerung. Die einäugige Emilie sprach viel von der Galanterie der Franzosen und wünschte gern einen solchen Feind in ihrer Nähe zu haben. Unser schönster Fuchs sollte ebenfalls zur Remonte ausgehoben werden. Deshalb durfte er im Stall stehen und sich mästen, wenn die andern fünf ihre schwere Erntearbeit zu überwinden hatten.

So fuhr ich eines Tages mit meinem Vater, als der Fuchs hinten an den Wagen gebunden wurde, nach Wehlau auf den Remontemarkt. Die Kommission konnte aber das Pferd nicht gebrauchen. Das ärgerte natürlich meinen Vater, welcher glaubte, ein schönes Stück Geld mit dem Verkauf des Pferdes zu verdienen. Mißmutig fuhr er dann wieder heim, aber ringsherum wimmelte es von betrunkenen Ausgehobenen. Es war besser, diesen, welche Händel suchten gegen die, welche zu Hause bleiben durften, aus dem Wege zu gehen. Überall trafen wir diese halbwegs Verzweifelten. Auch nach Königsberg war es schwierig zur Schule zu gelangen, da die Züge ebenfalls von Soldaten angefüllt waren. Als ich endlich eintraf bei meiner Tante, hatte sie als Hauseigentümerin die ganzen Stuben voll von einquartierten Landwehrleuten. Das schlechte Quartier machte diese Menschen nur noch griesgrämiger. Aus ihrer Beschäftigung herausgerissen, jammerten sie, warum es nicht gleich gegen den Feind ginge, da doch der König rief. Auch der kleine Fritz war aus Rußland zurückgekommen, wo er nach seiner Methode des ›Umsichgreifens‹ einige Jahre gearbeitet hatte. Er mußte aus Petersburg sich stellen. Betrunken kam er des Nachts nach Hause und zeige den einquartierten Soldaten seine Manschetten als Ausweispapiere. In den Straßen brauste die ›Wacht am Rhein‹. Züge von Kürassieren und allen übrigen Regimentern, die in Königsberg standen und sich jetzt noch auf Kriegszahl ergänzt hatten, wurden in den Eisenbahnen nach der Grenze verladen. Endlich hörte dieser den Einwohnern unentwirrbar erscheinende Wirrwarr auch auf, und desto empfindlicher empfand man die Einsamkeit in den Gassen.

Nach einigen Tagen kam dann die erste Siegesnachricht der Schlacht bei Weißenburg und Wörth und schnell vollendete sich die bekannte Geschichte des französischen Krieges. Im Winter kamen die ersten französischen Gefangenen und selbst Tapiau war angefüllt von einer verhältnismäßig großen Anzahl Gefangener. Vor dem Magazin, wo sie untergebracht wurden, standen dann wartend auch eine ganze Zahl junger Weiber, die wohl nach der Galanterie der Feinde neugierig gespannt waren.

Mit der Zeit trat dann die Gewohnheit in ihre Rechte: die Arbeit, auch der Streit im Hause. Außer dem August waren meine anderen Halbbrüder zu Hause geblieben. Sie hatten Liebeleien angezettelt, welche gegen den Willen meiner allzu herrschsüchtigen Mutter waren. Außerdem, richteten sie ihre eigne Unzufriedenheit gegen mich, welchen sie beneideten um die hohe Schule, die ich besuchte. Wenn ich nun zu den Ferien heimkehrte, erlebte ich oft Zwistigkeiten, gegen die, die ich bei der Tante gegen den verstorbenen Onkel gesehen hatte, nichts waren. Meinen Vater nannten sie Eindringling, und er konnte leicht besser wirtschaften, »weil er ins Volle hineingekommen war«. Bisweilen traten Ruhepausen ein, dann wurden die Füchse gesattelt, und dann nahmen sie mich mit, dem sie im Grunde genommen sehr zugetan waren, und dann ritten wir als stolze Kavalkade durch die Straßen des Städtchens. Ich erhielt das tückischste Pferd: ›den kleen Voß.‹ Mit diesem war ich auch fast aufgewachsen. Das Pferd verstellte sich und gewann den Leumund als das sanfteste und zuverlässigste Geschöpf. Aber kaum war ich im Sattel, als es schon anfing zu bocken und Sprünge zu machen. Ich durfte aber zu Hause nichts sagen, wodurch das Pferd noch in seiner Verstellung bestärkt wurde. Dann aber mit aller Energie und dem Gedanken »er oder ich« drückte ich die Beine mit aller Kraft an das Pferd und ich blieb zu seiner und meiner Verwunderung oben.

Von da hatte ich gewonnen, denn von nun an gehorchte es mir wie jedem andern.

Während ich all diese Begebenheiten schilderte, war ich Quartaner von vier Semestern. Der Ordinarius von Quarta, der Menschenfeind, hatte mich das erste Jahr gehaßt, dagegen im zweiten Jahre ebenso ohne Verdienst protegiert. In allen Fächern wurde ich nach reifster Absitzung der Klasse ein angehend guter Schüler. Aber ich muß gestehen, ich war ebenso unzulänglich wie die Jahre vorher. Ich bekam eine Routine im Abschreiben, und da ich Glück hatte, befähigte Schüler als Nachbarn zu haben, so wurde ich von derselben Qualität wie meine Umgebung geschätzt und tummelte mich herum als einer der Ersten auf der ersten Bank, als wenn ich nie anderwärts hätte sitzen können.

Eine Episode aus der Singstunde wäre noch zu erwähnen, welche auf meine Anlagen ein charakteristisches Licht warf. Der Lehrer, welcher die Singstunde überwachte, war ein Musikdirektor Pabst. Nach meiner Erinnerung hatte er eine Oper ›Die letzten Tage von Pompeji‹ komponiert. Er schlief natürlich aus Langerweile nachmittags ein. Da wachte er plötzlich auf und fragte mich, der ich grade ihn abzeichnete, nach irgend einer Tonleiter. Ich drehte das Papier mit seinem Porträt um und leierte irgend etwas herunter. Dann besah er die Kritzeleien und es regnete Ohrfeigen. Darauf wachte er wohl zuerst aus seinem Schlafe auf und besah die andere Seite, wo sein Porträt war. Er lachte amüsiert und fragte mich, was ich werden wollte. Ich antwortete darauf Soldat, denn dieses Metier war grade bei mir an der Reihe. Darauf er: »Jung, werde doch Porträtmaler«, faltete das Papier zusammen und steckte es in die Westentasche. Noch nie waren mir Ohrfeigen so angenehm gewesen wie heute.

Als Zweiter wurde ich nach Untertertia versetzt, wo es bald wieder erkenntlich wurde, welch schlechter Schüler ich blieb. Auf Tertia b hatten wir das seltenste Original, welches es in der Schule je gegeben hat: Dr. Knobbe mit einer Riesennase und von kleinster und magerster Statur. Bei uns Schülern ging die Sage, die Eltern seiner Frau hätten in die Zeitung gesetzt, daß der häßlichste Hauslehrer gesucht werde. Als Dr. Knobbe sich meldete, wurde er zu

Gnaden angenommen; nichtsdestoweniger verliebte sich die Tochter dennoch in ihren Lehrer und sie heiratete ihn.

Er hatte Geometrie und Hebräisch. Er tummelte fleißig den Pegasus; im französischen Kriege war er natürlich begeistert und dichtete so manches Poem, was seine Schüler zum Beliebtmachen lernen mußten, z. B.

>Wir preußischen Ulanen, wer kennt uns nicht?
Wir sind berühmt in der Kriegsgeschicht',
Wir führen ein Fähnlein schwarz und weiß,
Wenn das der Franzos sieht, dann wird ihm gleich heiß.«

In der Algebra machte er viele Merkverse zur Erklärung der Rechenkünste, z. B.

>Gleiche Zeichen geben plus,
Ungleich aber stets minus.
Dieses man sich merken muß,
Sonst gibt es gar viel Verdruß.«

Während des Friedens mit Frankreich hatten wir andre Maße und Gewichte bekommen; auch deshalb zupfte Dr. Knobbe begeistert die Harfe:

>Der Daumen mit der Maus
Macht einen Dezimeter aus.«

Kolossal empfänglich war er für Schmeicheleien. Dieses »um den Bart gehen« war für strebende Schüler ein gefundenes Fressen. In seinem Notizbuch hatte jeder Schüler seine Merkmale, bestehend in Strichen, Nullen und Schlangenzeichen. Ließ er das Buch auf irgend einer Bank in seiner Zerstreuung liegen, so raffte es ein findiger Schüler an sich und füllte es mit Strichen an. In den Rechenstunden ging es folgendermaßen zu: Man rechnete und er klappte mit dem Lineal als Zeichen, daß alles zu Ende sei. Die Federn fortgelegt, las ein Aufgerufener das Resultat vor. Die ganze Klasse brüllte: »richtig!« und je lauter gebrüllt wurde, desto richtiger war es. Viele Jungens hatten einen kleinen Schummelstift im Ärmel verborgen, womit sie nach seinem Klappen ruhig das Resultat hinschrieben.

Auf eine gute Handschrift hielt er sehr viel. Ich hatte die Naturgeschichte eines Schwanes vor der Stunde in fünf Zeilen, aber schön geschrieben, abgetan. Da noch Zeit war, hatte ich auch einen lebensgroßen Schwanenkopf gezeichnet.

Das gefiel ihm so, daß er weiter auf den Sinn des Geschriebenen gar nicht achtete und mir versprach mich zu protegieren. Sein Notizbuch füllte er dann mit vielen anerkennenden Hieroglyphen aus.

Am Sonnabend hatte er Religionsstunde und schrieb zu gleicher Zeit die Sittenbücher aus. Wenn ein Schüler sich vergangen hatte, so strafte er ihn, indem er mit dem Kantel auf seine Fingerknöchel schlug; so vermischte sich sein Wehgeheul mit einem andern Aufgerufenen, welcher das Kirchenlied deklamierte: »Ach bleib mit deiner Gnade bei uns, Herr Jesu Christ« etc. Er hielt aber sein Versprechen mich zu protegieren, denn nach einem Jahr wurde ich nach der Obertertia versetzt. Natürlich hatten auch Privatstunden, welche ein Student mir erteilte, vieles dazu beigetragen, denn mein Vater hatte dieses sein Steckenpferd immer weiter geritten. Wenigstens war diese Versetzung ein letzter Trost für meine schwerkranke Mutter. Sie lag fiebernd da und sah mich lange an, als wenn sie meine Zukunft ergründen wollte.

»Bis du zwanzig wirst, möchte ich doch noch erleben«, sagte sie mit ernster Miene.

Dann starb meine Mutter, als ich dreizehn Jahre alt war. Den Tod beobachtete ich mit der neugierigen Schärfe, welche den Kindern üblich ist. Die Ärzte rieten, falls noch Einzelheiten im Leben abzumachen wären, würde es jetzt die Zeit sein. So war ich auch bei dem Abschluß eines Testamentes zugegen, welches sich um die Erbberechtigung ihrer Kinder aus erster Ehe handelte. Eine Mißstimmung gegen diese Kinder, welche sich gegen ihren Befehl erhoben hatten, bestimmte sie, ihr Vermögen auf Pflichtteil zu setzen. Das einzige Schriftstück meiner Mutter, welches ich unter den Papieren meines Vaters vorfand und zeigte, wie es ihm immerhin wichtig gewesen sein mag, will ich korrigiert in Schrift mitteilen, um zu zeigen, wie hart es in unserem Hause bei Alt und Jung zuging: »Mein Sohn, Du verlangst Antwort auf Dein Schreiben, um geholfen zu sein. Das ist ein unbilliges Verlangen. Du weißt, daß August und Marie da ist und die wollen auch. Du wärst ein guter Wirt, keine Unglücksfälle und in einundeinhalb Jahr so verwirtschaftet! Das hat nichtstun – nur leben. Soviel verbraucht ein Rat nicht als Du; und die Jahre, die ich gewirtschaftet habe, wieviel müßte ich brauchen. Das kränkt mir – nicht allein, daß Du noch den Julius dazu verführt und noch eine Person zugeheiratet. Der eben so wird. Wenn er allein war und sich ordentlich führt, könnte doch von ihm was werden; auch August war so, wenn er Euch gefolgt hätte. Aber wo kann das langen, wenn Du Leute von der Straße aufnimmst. Lohn, Essen und Trinken gibst, um Dir Schlechttaten auszuüben. Du hast Julius mit mir zum Prozeß zugeredet und von Dir erwarte ich auch noch einen Deiner Gläubiger. Die warten auch alle. Und wieviel Schulden noch? Dann hätte ich man immer zu geben. Du hast die Welt so ver... [das Wort undeutlich]: Ihr habt das alles von Euch; warum könnt Ihr denn nicht? [die Zeile undeutlich]. Aber leider! Wer Eltern nicht horcht, meinen Rat wohl nicht folgen!«

»Das kann nimmer gut enden mit dem Jungen«, höre ich sie murmeln, mein aufmerksamer Leser. Dasselbe habe ich auch selbst bereits zu jenen Zeiten gedacht, wie der nebenstehende Brief beweisen mag.

Um Alles aus meinem kleinen Leben zu erklären, daß es möglich war mich in eine derartig ungenügende Pension unterzubringen, ist es nötig, auf die Verhältnisse und die Charaktere meiner beiden Eltern näher einzugehen: Vater wie Mutter waren ostpreußische Autochthonen, arbeiteten und sparten den Pfennig zum Gulden und zum Thaler. Seit Generationen hatte sich Enthaltsamkeit und eiserner Fleiß nebst einem ausgesprochenen Eigensinn und Sucht nach Erwerb entwickelt.

Der Vater meines Vaters war Bauer, der wohl in die Pregelniederung gezogen war, um neues Land zu kolonisieren. Der Vater meiner Mutter war ein Tapiauer Schuhmachermeister und Besitzer mehrerer Häuser in der Altstraße von Tapiau. Sie hatten es zu einer bescheidenen bürgerlichen Wohlhabenheit gebracht; im Pferdestall stampften sechs Füchse, Kühe, Kälber, Schafe und Schweine waren da nebst der gehörigen Anzahl von Hühnern und Enten. Charakteristisch ist unter anderm auch, daß von den fünf Söhnen, welche mein Großvater väterlicherseits hatte, drei von ihnen Witwen geheiratet hatten. Ob eine Convention vorherrschte, um zu Besitz zu kommen, möge dahingestellt sein, wenigstens warfen dieses meine Halbbrüder häufig im Zwist meinem Vater vor.

Eine ›gute Kinderstube‹, wie Bismarck von der seinigen rühmte, gab es nicht bei uns.

Bei uns wurde nur plattdeutsch gesprochen und alle Menschen, welche uns umgaben, waren von der primitivsten Schulbildung. Gemäß dieser Umgebung konnte in mir, da noch außerdem in mir ein eigensinniger Charakter steckte, von keiner ›Weltbildung‹ gesprochen werden. Ja es wurde mir selbst vor den ärmeren Kindern erschwert, weil das harte Muß sie wenigstens schmeicheln lehrte und Unterwürfigsein gegen die Vornehmeren. Wir fußten auf dem Bewußtsein, eine höhere Stellung vor anderen voraus zu haben und Ehrfurcht und Unterwürfigkeit fühlten wir nur vor Beamten und Soldaten. Im Grunde unseres Wissens und durch die Einbildung unsrer Stellung, war ein deutlicher Stempel vor unsrer Stirn, der besagte: »gegen uns kann keiner!«

Der instinktive Trieb nach seelischer Verbesserung lag in meiner Mutter, wenn sie mich antreiben wollte: »Jung goah im Bloomegade bi de Herrschaftskinder.« Der Jung ging aber nicht dahin, und ihr wurde es bald darauf auch gleichgültig. Viel gewonnen hätte ich wohl doch nicht, ob ich den Verkehr mit Kaufmannskindern, Bürgermeisterskindern gepflegt hätte, oder ob ich mit Tagelöhnerskindern von uns oder den Jungens vom Nagelschmied Schöntaub oder vom Fleischer Pommer, Christenat 6, befreundet wurde.

Mein Vater, der nur die Dorfschule besucht hatte, aber eine große Intelligenz besaß, suchte sein höchstes Streben darin, seinen Jungen in die beste Schule zu bringen. Das Übrige, z. B. wie ich dort untergebracht war, war ihm vollständig gleichgültig. So kam es, daß ich vom neunten Jahre an in das Kneiphöfische Gymnasium in Königsberg kam.

Von einer Pension für den Jungen hatte niemand einen Begriff. Er gipfelte in dem Spendieren an diejenigen, welche mich aufgenommen hatten, von einem oder mehreren Sack Kartoffeln und Weihnachten Geschenke von mehreren Enten nebst Schwarzsauer. Daß sie ein Verpflegungsgeld entrichteten, war ihnen natürlich selbstverständlich. Wo konnte ich denn nun besser untergebracht werden als bei der jüngeren Schwester meiner Mutter.

Diese Tante hatten wir in Tapiau seit vielen Jahren gar nicht mehr gesehen und es ist gar nicht unmöglich, daß sie meinen Eltern ganz aus dem Gedächtnis gekommen war. Bei ihr lernte ich Arbeit und die gewöhnlichsten Hausdienste wie Brotholen, ein Pfund Muschkabade etc.

Solange ihr Mann, welcher Schuster war, noch lebte, war sie gezwungen wenigstens seinetwegen und des Gesellen wegen eine gewisse Würde in der Haushaltung zu bewahren. Als er aber nach einigen Monaten seit meiner Ankunft starb, wurde der ganze Haushalt aufgelöst und ihr ganzes Naturell kam zum Vorschein. Geiz mit seinen Lastern im Gefolge. So war meine Erziehung die denkbar gefährlichste.

Aber wenigstens das Leben lernte ich gehörig kennen und zwar nur einen ausgesprochenen Teil des Lebens: das Proletariat – die Freundinnen der Schlafstellerin, Wahrsagefrauen, Armenvorsteher zur Kontrolle, und viele andere Menschen, welche mir interessanter erschienen als die konventionellen Gesichter, welche man überall sehen konnte, kamen in unsere Wohnung – daß es für mich äußerst gefährlich ausschlagen konnte, lag auf der Hand. Schon hatte die Schule in mein Zeugnis gesetzt und später hörte ich es auch von meinem Vater, daß sie an ihn geschrieben hätte, daß ein Wechsel der Pension dringend zu wünschen wäre. Ich machte mir selbst viele Sorgen darüber, aber wie ich bereits früher geschrieben habe, reizte mich der groteske, dämonische Humor meiner Tante, was nicht zu verachten war. Für die Schule brauchte ich nichts zu lernen. Ich schnurrte Vokabeln herunter und sagte, das wäre die lateinische Schularbeit. Mit dem Übrigen ging es ebenfalls auf dieselbe Weise. Da sie nichts wußte, so glaubte sie alles aus Bequemlichkeit. Auch in die Kneipe stahl ich mich, wo wir eine geheime Verbindung hatten. So fehlte nichts und alles war darauf eingerichtet, mich zu vernichten, und dennoch geschah es nicht. Ich kann nicht anders sagen: »ich habe ein fabelhaftes Glück gehabt«, oder ein gütiges Schicksal meinte es gut mit mir, was beides wohl ein und dasselbe ist.

Im September 1916 besuchte ich wieder meine Heimatstadt Tapiau. Als Künstler war mein Ruf bis in jenen Winkel gedrungen und nun durfte ich nicht allein mit Herrschaftskindern verkehren, sondern Bürgermeister und Stadträte suchten eine Ehre darin mit mir zusammen zu sein. Einige aus der Jugendzeit waren gestorben, aber auch andere hatten sich in ihrer Art emporgeschwungen und tauschten viele Erinnerungen, welche sie mit meinen Eltern gehabt hatten, aus. Ein Herr Glaubitz rühmte sich, vielfach als Kind mit meiner Mutter gesprochen zu haben. Einstmals hatte sie ihm mitgeteilt, daß ich in der Schule einen Lehrer gezeichnet hatte; zuerst erhielt ich eine Tracht Prügel und dann, als der Lehrer die Karikatur betrachtete, erhielt ich ein sehr großes Lob. In jenem Augenblick, als er mir das erzählte, war es mir nicht anders, als wenn ich einen Gruß aus dem Jenseits erhielt.

Gerade diese Szene war zwischen uns ein Geheimnis wie das Bett des Odysseus und der Penelope gewesen. Dieses war eine entschiedene Wahrheit, woran ich nicht mit meiner argwöhnischen Natur zweifeln konnte. Es war mir die schönste Ohrfeige gewesen, welche ich in der Schule einstecken mußte, und ich sehe noch heute das schmunzelnde Gesicht des Musikdirektors Pabst – denn ein gewöhnlicher Lehrer war er nicht – wie er schmunzelnd das Papier in die Westentasche schob und mir riet, doch lieber Maler zu werden. Von da ab versuchten die anderen Schuljungens in der Gesangstundes den schlafenden Musiklehrer immer zu karikieren, – aber nicht mehr mit demselben Erfolg. –

II

Werden

Diese Fortsetzung schreibe ich, da ich an mein 60. Jahr unheimlich schnell heranrücke: Es kommt mir aber alles so gegenwärtig vor, als ob ich die Zeit erst gestern und vorgestern durchlebt hätte.

Ich ging also aus der Sekunda B mit dem Zeugnis für das Einjährigen-Examen ab. Leider muß ich gestehen, daß ich und die Lehrer uns sehr freuten, einander aus dem Gesichtsfeld zu kommen. Mein Vater war vielleicht der einzige, dessen Ziel mißlungen war, aus mir einen ›Studierten‹ zu machen. So ging ich denn eiligst nach der Akademie in der Königstraße, um mich dort als Schüler anzumelden. Es fiel gerade Ostern mein Lebensberuf auf den Maler, denn fast jeden Monat hatte ich eine andere Leidenschaft, mein Leben einzurichten: Soldat, Matrose, vor allem Landwirt wechselten in buntem Reigen und heute wollte es das Schicksal, daß ich Maler werden wollte. Bei diesem Berufe verharrte ich nun treu und niemals wollte ich es bereuen. Es wäre denn der Jammer, welcher über jeden Künstler fällt, wenn er Leben und Kunst als verfehlt ansieht und über die Stärke seines Talentes Zweifel hegt.

Die Akademie war jedem Königsberger vom Aussehen bekannt, ein viereckiger, mit Bronze beschlagener Schornstein ragte vor dem Biedermeier-Hause in die Luft und ein schöner lateinischer Vers stand über dem Gesims, daß dieses Gebäude zur Erziehung von jungen Künstlern gegründet wäre. Aber über das Tun der Maler waren die guten Königsberger ebensowenig instruiert, wie etwa über die Freimaurer, von denen sie glaubten, daß diese alle eines schönen Tages vom Satan geholt würden und zur Hölle abführen wie der Teufel mit dem Doktor Faust. Ich wußte über die Malerei nicht mehr als mystische Geschichten, welche mir die Tante erzählt hatte. Auch ein Schulfreund hatte mich schon einigermaßen bekannt gemacht mit Namen, Berühmtheiten, die aber für mich ein leerer Schall blieben.

Ich sah einen alten verwilderten Herrn mit breitkrämpigem Hut, weißem Schnurrbart, ›Sanft-Jacke‹ und fliegender Krawatte über den Schloßberg eilen. Das sollte der frühere Direktor der Akademie sein. Er hieß Rosenfelder. Ich hatte sein großes Bild im Bildermuseum bewundert: Die Übergabe der Marienburg. In der Geschichte war ich gut bewandert und dieses Bild konnte ich nicht genug bewundern. Solche Bilder möchte ich malen: Harnische, wallende Mäntel, sammetne Draperien und namentlich, wie der Hochmeister in geäderter Hand den Festungsschlüssel hält. Das waren meine Motive um das Jahr 1876. Ein Kunsthistoriker würde darüber in seinen Heften notieren, daß die Historienmalerei zu jener Zeit am höchsten bewertet wurde und Wilhelm von Kaulbach, der Direktor der Münchener Akademie, als würdiger Nachfolger der Nazarener zu schätzen sei. Mit diesen schwachen Kenntnissen trat ich dann mit einigen Zeichnungen unter dem Arm aus dem Gymnasium in die Akademie in das Atelier ein, wohin man mich gewiesen hatte, daß dort die Aufnahme stattfinden sollte.

Der fremde, vornehme Herr war der Professor Max Schmidt. Sein Bild war in der Stadt sehr berühmt, welches ein Waldbild mit einem stehenden Hirsche darin darstellte. Ich machte meine Referenz so gut es ging, stammelte meinen Wunsch vor und zeigte ihm meine Zeichnungen. Er ging alles durch und fand alles recht begabt. Nachdem er über meine pekuniären Mittel orientiert war, wurde der Herr schon weit gesprächiger, denn von jeher ist es immer besser gewesen, die Zeiten des Studiums wenigstens ohne Sorgen vor Geldmangel überstehen zu können.

Ich kam in die Kopierklasse, wo ich Vorlegeblätter nach ›Julien‹ nachzeichnen sollte. Die höchste Kunst schien, und man hielt den für sehr begabt, welcher eine Kriehuber'sche Lithographie überwunden hatte. Der Lehrer meiner Klasse war der Kupferstecher Trossin. Sein Lieblingswort war: »Nicht zu pechig«, wenn die Vorlage zu schwarz mit der Kreide abschattiert war. Der alte Trossin gehörte noch zu den ganz Alten, er galt als sehr angesehener Kupferstecher, sogar einen russischen Orden sollte er aufweisen können. Die Mater dolorosa von Guido Reni hatte er gestochen und die Sage ging, daß er nur an dem Halse im Berliner Museum viele Monate gezeichnet haben sollte. Ich sah ihn noch später in München und dann später in Berlin, wo wir uns in Künstlervereinen trafen und er über das Porträt meines Vaters ebenso entsetzt gewesen war wie viele andere Kunstgenossen. Aber doch kam immer der gute, liebenswürdige alte Herr zum Vorschein. Ein jüngerer war der Professor Heydeck. Er korrigierte in der Gipsklasse und in der Modellklasse, sonst Malschule genannt. Heydeck war ein naiver Streber. Aus Memel gebürtig, war er stark mit dem scheinheiligen litauischen Charakter seines Geburtslandes versetzt. Er hatte die Tochter des Direktor Rosenfelder geheiratet und kraft dieses Nepotismus hatte er die Würde des Inspektors bekommen, mit welchem Amt eine prachtvolle, schöne Wohnung mit Garten und allem möglichen Zubehör verbunden war. Er lehrte außer den Korrekturen in den beiden Ateliers die Perspektive. Dieses Studium der Perspektive war ein sehr wichtiges Fach, denn die Akademie hatte nebenbei das Recht, die Reife für das Zeichenlehrerfach auszugeben. In der ganzen Zeit, wo ich in der Akademie war, war sie deshalb viel von Elementarlehrern besucht. Die Lehrer wollten durch das Examen der Gipsklasse, ferner durch die Examina in der Perspektive und in der Anatomie eine höhere Stellung erringen, als es sonst in ihrem Fache möglich war.

Nach dem überstandenen Examen hatte ein Lehrer die Königsberger Akademie als zu schwächlich und korruptionslüstern in einer Zeitung denunziert. In der Tat verband ein Lehrer aus Bromberg zugleich mit seinem Studium eine Brunnenkur auf Anraten seines Arztes. Inzwischen arbeitete ein junger, armer Akademiker an seiner jungfräulichen Diana und so blieben ihm nur die mechanischen Fächer übrig, welche er glaubte, leicht überwinden zu können. So setzten bereits die kleinen Intrigen ein, die auch in dem heiteren und harmlosen Künstlervölkchen in der ostpreußischen Residenz üblich werden sollten. Wir zahlten drei Thaler vierteljährliches Honorar und hatten dafür alles: Heizung, Handtücher, und die Bilderschüler sogar ein schönes Atelier. Ferner war für alle Akademiker einen Monat vor den großen Ferien Zeichnen und Malen nach der Natur. Zu diesem Zweck zog man an einen angenehmen Ort der Umgebung Königsbergs, wenn er besonders mit einem Park oder nahem Walde verbunden war. Ein reicher Spender hatte den Malern und jungen Schülern das Mittagessen geschenkt und viele arme Schlucker lebten in diesem Monat angenehmer, als in den übrigen Zeiten des Jahres. Zu Weihnachten waren dann Stiftungen ausgesetzt für Arbeiten guter Studienköpfe, Aktzeichnungen, landschaftliche Zeichnungen und sogar für den Ankauf von Ölbildern jüngster Künstler. Diese Erwerbungen nannten wir zum Scherz ›die Suppe‹, weil, nachdem die Schulden notdürftig bezahlt waren, nur für einen Teller Suppe übrig blieb. Ich selbst hatte einmal so viele Prämien eingeheimst, daß meine Freunde sogar Austern essen durften, so viel sie wollten. Ich mußte nun immer an die eine Auster denken, von welcher meine Tante einstmals so viel erzählt hatte.

Als ich nach der Gipsklasse versetzt war, wurde auch ein neuer Lehrer für dieses Atelier angestellt. Er hieß Otto Günther, kam aus Weimar und war in Königsberg schon von der letzten Ausstellung im Moskoviter Saale rühmlichst bekannt. Es hieß: ›Der Witwer‹. Die Methode des Knaus und Vautier pflegte er. Zu jener Zeit war diese Manier gar sehr geachtet. Jedenfalls regte Günther uns vielfach an. Er gründete einen jüngeren Künstlerverein, der verbunden war mit einem Kompositionsabend und reizte uns, Reisen nach Berlin und sogar nach Thüringen zu machen. Mir persönlich hat Günther künstlerisch Anregungen gegeben, welche für mein vollkommen naives Gehirn leicht zu erfassen möglich waren. Diese Zeit war die schönste meiner Jugend: Frei von allem Schulzwang, eine anständige Wohnung bei meinem Vater und gleichgesinnte Freunde. Wir waren alle stark und jung. Ich muß vorausschicken, daß zu jener Zeit der Genuß alkoholischer Getränke denkbar am höchsten gestiegen war und nun gar in meiner Heimat, wo der ostpreußische Maitrank weltberühmt war. Kein Student und kein Soldat konnte in den Augen seiner Mitmenschen für tüchtig gelten, wenn er nicht auch ein berüchtigter Trinker war. Diese Trunksucht wurde bald von uns zu großer Meisterschaft gebracht.

Kohnert, Minzloff und alle meine neu gewonnenen Freunde tranken und betranken sich, daß wir nicht unterscheiden konnten, wer von uns allen am meisten leisten konnte. Viele, die ich nur vom Hörensagen kannte, z.B. Borries und ein Pillauer, dessen Namen ich vergessen habe, entgleisten durch dieses Laster schon sehr früh und starben als Jünglinge, ohne daß ein Hahn nach ihnen gekräht hätte. Der Hauptgrund dieser Entgleisung war ihre geringe Schulbildung und ihre zu große Armut. Alle waren Stubenmaler gewesen. Der Alkohol hatte bei ihnen offene Tür, und wenn sie kein Geld hatten zu Grogg oder Schnaps, so nahmen sie auch mit Brennspiritus vorlieb, welchen sie auf der Bude ihrer Freunde stibitzten, und so hatten sie die paar Jahre eine traurige Berühmtheit für unsere Akademie erlangt.

Ich will mich nicht besser machen, als ich war. Ich habe alle Phasen kennengelernt, in den Dörfern, bei den Bauern, bei den Fischern; überall, wo es einen guten Tropfen gab, war ich mit meinen Freunden wohl gelitten und recht beliebt. Mit Kohnert und Minzloff zogen wir dahin, wo Kohnert in seinen früheren Studienzeiten Land und Leute kennengelernt hatte; manches Mal wurde der Besuch auch bei einer früheren Liebsten ausgedehnt. Denn unser Freund war der schönste Jüngling, den ich je gesehen hatte, und sehr beliebt bei den Damen. So waren wir eines schönen Morgens nach Wargen und Preil gegangen. Baumpartien mit der rückwärts liegenden Kirchenspitze spiegelten sich in einem herrlichen blanken Binnensee. Wir hatten daselbst Bekanntschaft mit den Bauern, hauptsächlich war der Don Juan des Dorfes ›Buchholz‹ unser beliebtester Freund und wohlerfahren und wohlbeschlagen bei den Töchtern des Landes. Tagsüber trieben wir uns dort herum, dann kamen wir zu viert, die Schlorren voll, nach Königsberg zurück und mußten uns da in einer unserer vielen Stammkneipen stärken.

Da es ein kalter Wintertag war, so genügte nicht die eine Kneipe. Wir hatten es bald heraus, daß auf einem Bein nicht gut stehen war, und so kippten wir so lange, bis alle guten Dinge drei waren.

Zuletzt endeten wir in der Gambrinushalle in der Loebenichts'schen Tuchmacherstraße. Dieses Lokal genoß einen großen Ruf unter den zweifelhaften Gastwirtschaften Königsbergs. Tingeltangel blühte dort in schönster Art. Natürlich gehörten wir zu den besten Stammgästen des Wirtes. Der Wirt verbeugte sich stets sehr devot vor uns. Deshalb schien es uns leicht, auch in dem heutigen Zustande den Abend recht amüsant dort verbringen zu können. Wie erstaunt waren wir aber, als der Kassierer uns kurzerhand den Schalter der Kasse herunterschlug und uns anranzte: »Betrunkenen ist der Eintritt verboten!« Vorerst konnten wir es nicht fassen; da der dicke Wirt ganz in der Nähe war, so lief ich schnell zu ihm hin, um mich zu beklagen. Der Wirt brummte nur was von »Dummen besoffenen Jungens« in den Bart und das empörte mich so sehr, daß ich gegen seinen Bauch ansprang. Allmählich wurde dieser Streit zum regelrechten Aufruhr, Schauspieler eilten hinzu und fragten, was los sei? Die Kellnerinnen drängten sich heran, schließlich kam der Schutzmann, der wohlwollend begütigen wollte: »Meine Herren entfernen Sie sich ruhig«, rief er begütigend. Aber er hatte gut reden, wo wir bis aufs Äußerste beleidigt waren; zwar der Dorfbewohner und Minzloff hatten sich schon lange gedrückt und betrachteten sich den Trubel von der Straße aus. Aber Kohnert und ich hielten unentwegt aus, und ich rechnete es dem Kohnert hoch an, daß er treu zu mir hielt.

Als gar ein Stift noch herankam, der auf mich von lange her Rache hegte, faßte er mich meuchlerisch von hinten. Er erhielt aber einen Hieb, daß er auf die Straße flog. Nun stieg der Sturm auf das Äußerste. Auf der Straße hatte sich viel Volk angesammelt, denn der ganze Krawall hatte sich vom Innern des Restaurants durch das Drängen und Drücken allmählich vor der Haustüre abzuspielen begonnen. Der Schutzmann ließ die Wache von dem Schloß herholen. Da kam uns endlich die Idee, daß wir doch zu weit gegangen wären. Wir wollten beide ausreißen, aber da legte sich der Schutzmann dazwischen: »Nein! nun ist es zu spät«, sagte er. »Sie sind arretiert«. Die drei Mann von der Wache umgaben uns und bald ging es von der Gambrinushalle fort, den ›Schiefen Berg‹ herauf zur Französischen Straße und zur Junkerstraße nach dem Polizeigebäude. »Nach No.8«. Es schien mir am klügsten, indem ich es auch zu Kohnert sagte: »Nur nichts gegen die Polizei«! Ein Bürger kam des Weges daher und traf auf den Schwarm. Bald fühlte er sich gemüßigt, der Staatsgewalt zu helfen und berührte Kohnert, trotzdem es doch nicht nötig war. Dieser warf den Helfer in den Rinnstein, daß er die Viere von sich streckte. Die kurze Strecke bis nach No.8 war unsere Begleitung zu einem ganzen Heere angelaufen: Soldaten, der Schutzmann und wir wurden in das bekannte Tor hineingeschoben. Die augenblickliche Ruhe der Korridore war beinahe wohltuend. Immer weiter wurden wir vorgeschoben bis zu einem letzten Tor, welches der Schließer aufriegelte. Ein winziger Hof lag vor mir. Da ich noch von dem Vorhergegangenen zu erfüllt gewesen war, vielleicht auch nicht schnell genug vorging, fühlte ich, daß mich jemand ins Genick faßte und dann mich mit aller Wucht vorwärts in den Hof stieß. Da ergriff mich die Wut! Ich stellte mich an dem Bretterzaun zur Wehr, und als die Leute gegen mich angingen, schlug ich den ersten Besten zur Erde. Inzwischen sah ich meinen Freund seinen Wächtern entwischen, aber sie holten ihn bald ein. Ich selbst hatte beinahe Schadenfreude, daß sie ihn wieder hatten. Inzwischen hieb ich nach Herzenslust auf meine Angreifer und rief dazu und zwar so laut ich es vermochte: »Nur dem Schutzmann ergebe ich mich«. Der Schutzmann, welcher dem Frieden nicht recht traute, rief mir von der Ferne zu, doch vernünftig zu sein. Schließlich wagte er sich doch heran und ich ergab mich ihm. Unter Hallo zerrten mich alle in ein kleines Zimmer, wo friedlich eine Petroleumlampe auf dem Tisch brannte. Sie beschien einen weißen Kachelofen. Mit diesem sollte ich bald Bekanntschaft machen. Irgend jemand stieß mich mit dem Kopf in aller Wucht gegen die porzellanenen Kacheln. Ich war betäubt und sah Männer ihre Augen voll Haß auf mich richten und hörte wilde Flüche gegen mich ausstoßen. Von hinten wurde ich festgehalten, und gesichert stießen alle Verhöhnungen gegen mich aus: »Kick doch moal, wie hei glupt?« Sie streckten ihre Finger aus, ganz nahe vor meinen Augen. Da glaubte ich, Jesus Christus zu sein, wie er von den Kriegsknechten verhöhnt wurde. Ich sah alle der Reihe nach an und starrte sie solange an, daß sie fast verlegen wurden. Jedoch nicht zu lange, da lag ich schon wieder auf dem Boden und ein unheimliches Gespinst verstrickte mich und drohte mich zu ersticken. Was mochte es nur sein? Es lag ganz eng um meine Glieder. Stockfinster war es um mich und ich fühlte, wie mich Stiefel und Beine auf das Gemeinste traten und stießen. Endlich schienen die Peiniger sich ausgetobt zu haben. Ich fühlte, wie man mich auf die Füße stellte. Ich stöhnte und wand mich vor Wut und war hauptsächlich neugierig vor dem Unbekannten, womit man mich umstrickt hatte. Da fühlte ich, daß etwas vorsichtig von meinem Leibe herabzog, und endlich erblickte ich die Petroleumlampe mit ihrem friedlichen Schimmer. An eine Widersetzung dachte ich meinerseits nun natürlich nicht mehr. Nur neugierig war ich, was das Rätselhafte gewesen sein konnte. Da schaute ich dicht vor mir einen höhnischen Mann, welcher einen leeren Sack mit den Händen hielt. Dreißig Augen blitzen mir höhnisch entgegen und gehässig fletschten sie: »Nu wat hei doch genog heewe«.

Also die Bande hatte mich in einen Sack gesteckt. Dann hielt man mir wieder irgendetwas vor mit dem suggestiven Wollen, hineinzuschlüpfen. Instinktiv gehorchte ich und die Hände versenkten sich immer tiefer und tiefer. Die langen Ärmel verknoteten sie auf dem Rücken. Eine Zwangsjacke! durchfuhr es mich. Vollständig wehrlos war es mir ganz gleichgültig, wohin die Kerls mich führen wollten. Es ging auf einen Korridor in einen stockfinsteren Gang. Wir kamen in einen zementierten Raum ohne alle Fenster, wo man die Hand vor Augen nicht sah. Man warf mich auf den harten Boden und man zog mir zum Überfluß noch die Stiefel aus. Alsdann wurde ich einfach weiter gerollt wie ein Stück Holz. Aber ich blieb steif und fest liegen, wenn ich auch Anstrengungen machte, mich aufzurichten. Das schienen die Vorteile einer Zwangsjacke zu sein, bewegungslos zu verharren und sich nicht rühren zu können. Wenn man mich in diesem schwarzen Raume vergessen, oder gar sterben lassen sollte! Ich bekam es mit der Angst; noch eine letzte Anstrengung, aber die Ärmel auf dem Rücken rückten und rührten sich nicht. Ich blieb wie ein Klotz liegen. Ich stöhnte und bejammerte mich. Ein kirchliches Lied fiel mir ein und ich sang: »Wer nur den lieben Gott läßt walten«. Ob ich nachher etwas geschlafen hatte, entzieht sich meinem Gedächtnis. Ich hörte aber Schlüsselrasseln, und derselbe Schutzmann, welcher mich arretiert hatte, befreite mich mit einem anderen Polizisten von den Fesseln. Dann brachten mich beide an die frische Luft. Der Schutzmann versuchte mich im dunklen Morgengrauen zu rühren und hielt mir mein Unrecht vor die Nase. Aber ich blieb verstockt. Nur noch mehr tauchte, wenn ich an die Mißhandlungen dachte, meine Wut auf und ich glaubte beinahe, daß der Schutzmann vielleicht aus Furcht, daß ich ihn anzeigen wollte, mir um den Bart ging und sich Liebkind bei mir machen wollte. Dann wurde ich in einen anderen Raum gebracht, wo schon übernächtigte Männer und Frauen auf den Pritschen herumlagen. Ich warf mich ebenfalls auf so ein hartes Bett. Nachdem ich etwas gedämmert hatte, schien mein entschwundener Freund Kohnert, ebenfalls von einem Polizisten geführt, vor mich hinzutreten. Ich sah ihn solange an, bis ich überzeugt war, daß ich nicht träumte. Seine Augen waren blutunterlaufen, die Lippen geschwollen, das Gesicht zerkratzt: Wie mag ich denn zuerst aussehen, wenn seine Schönheit nicht stichhalten konnte? Er sprach nichts, nur neugierig war ich immerhin, wohin er denn so schnell fortgelaufen sei, als man über mich loszog. »Er wäre eine Treppe hinaufgelaufen«. Die Soldaten waren ihm nachgestürzt, ergriffen ihn, als er sich an dem Geländer festkrallte, rissen ihn mitsamt dem Treppengeländer herunter und nahmen ihn gefangen. Wir verharrten in dumpfem Schweigen und ein ganz klein wenig freute es mich dennoch, daß ich wenigstens die Geschichte nicht ganz allein auszubaden hatte. Wir wurden nun in das Büro hineingerufen. Sie gaben sich nicht die

Mühe, jeden einzelnen zu vernehmen. Kohnert sollte zuerst sagen, warum er gestern arretiert sei. Er wußte nichts mehr, er sei betrunken gewesen. Das war für mich ein deutlicher Wink. »Arretierter verweigert jede Auskunft«, wurde ins Protokoll geschrieben. Ich aber glaubte, alles sagen zu müssen: Wie man mich mißhandelt hätte, sogar die Zwangsjacke und überhaupt das Kleinste und Unbedeutendste glaubte ich ja recht dick auftragen zu müssen, damit mir Recht würde. »Arrestant gesteht ein, beklagt sich über Mißhandlungen«. Ich unterschrieb. Nun gehörten wir wohl mehr zu der Gesellschaft, wenigstens kamen auch die Wächter von gestern und sahen uns als Wundertiere an. So was hatte man denn doch noch nicht erlebt. In allen Büros wurde über uns gesprochen. Dadurch erfuhr die Akademie es viel früher, als wir es selbst vermuteten. Neide's Bruder war Polizeiinspektor. Dieser trug ihm alles brühwarm zu; den einen hatten sie in einen Finger gebissen, dem Schutzmann die Schienenbeine zerschlagen, einem Schließer den Ohrlappen abgerissen, den Soldaten ihre ganze Uniform kaputt gemacht. Sowas war noch nicht passiert, und was würde da ein Ungebildeter tun, warf hämisch Professor Heydeck dazwischen: »Er würde zum Messer greifen«.

Wir wurden nun entlassen. Vorn am Eingang wurden uns die wenigen Habseligkeiten zurückgegeben, welche sie uns den letzten Abend abgenommen hatten. Mein Portemonnaie wurde um und um gekehrt, schließlich fielen drei Silbergroschen heraus. »Dree ganze Dittchens«, sagte höhnisch der Schließer, »und da wollten Sie noch weiterkneipen?«

In der Straße war ein naßkalter Februartag. Mit Sorgen ging ich nach Hause. Ob mein Vater beunruhigt war, wo ich mich die Nacht herumgetrieben hatte? Als ich ihm zu Hause gegenüber trat und er mich mit fragenden Augen ansah, wurde ich klein. Stotternd erzählte ich, und je mehr ich erzählte, desto mehr erschien mir das Gestrige ungeheuerlich. Weinend stürzte ich in seine Arme und er war außer sich, daß ihm, einem Königsberger Bürger und Hausbesitzer mit seinem Sohn derartiges passieren konnte. »Der Staatsanwalt wird Dich nehmen«, rief er außer sich, »und Dich ins Loch schmeißen.« Was wir auch immer anstellen wollten, wir fanden keinen Rat. »Geh in die Akademie und zuerst zu Günther«, auf den wir beide vertrauten. Kurz vor der Akademie lief ich doch schnell zu

Kohnert, dessen Bude in nächster Nähe war, und wollte sehen, welchen Entschluß er gefaßt hatte. Er lag mit verbundenem Kopf im Bett und war im höchsten Grade eklig. Er fühlte sich ganz krank, sollte ich den Lehrern sagen. So hatte ich nun doch die ganze Sache allein abzumachen.

Verängstigt ging ich in die Akademie, um dem Sturm, welcher nun losbrechen sollte, die Stirn zu bieten. Sie wandten sich alle gegen mich, mit Ausnahme Günthers, welcher mein Unglück wohl verstand und half, was er helfen konnte. Der stellvertretende Direktor Max Schmidt bot vor allem alles auf, daß der gestrige Spektakel nicht in die Zeitung kam, und wichtige Personen wurden aufgeboten, den Polizeidirektor und sonst einflußreiche Leute für uns zu gewinnen. Freilich konnte ich den Professoren Schmidt und Heydeck ansehen, daß sie dieses alles für ihren Liebling, den schönen Kohnert, taten. Es wurde uns durch einen festlichen Konferenzbeschluß befohlen, sämtlichen Beamten, welche wir mehr oder weniger mißhandelt hatten, Abbitte zu leisten. So gingen wir von neuem nach No. 8 und schüttelten den Beleidigten die Hände mit dem feierlichen Versprechen, es nicht wieder tun zu wollen. Zur Sicherheit hatte der kluge Heydeck uns eingeschärft, den Beamten unter keinen Umständen etwa ein Trinkgeld anzubieten.

So wäre zuletzt alles gut abgelaufen, aber der Schutzmann weigerte sich, die Versöhnung anzunehmen. Trotzdem wir ihn in seiner Wohnung besuchten und überreden wollten, blieb er hart: Er könne nicht, man hätte es ihm von der Polizei ausdrücklich verboten. Auch seine Frau, welche gerade das Mittagessen zusammenkochte, plaidierte für uns, indem sie nochmals den Vorgang vor der Gambrinushalle als Augenzeugin wiederholte: »Ich habe ja alles mit angesehen, die Kraft! Nein, die Kraft von den beiden! Gar nicht zu glauben!« Das sollte nun nicht kommen dürfen, denn des Schutzmanns Eifersucht wurde dadurch erweckt und es wäre besser ungesagt geblieben. Er rief ärgerlich: »Ach was, wie ich jung war, war ich auch so stark!« Dabei blieb es und wir mußten gegen ihn von neuem agitieren, bis endlich alles geordnet war und wir zum Schluß einen Thaler Ordnungsstrafe wegen Unruhe auf der Straße zahlen mußten.

Wenn es auch gut abgelaufen war, so blieb es für lange Zeit eine Lehre für uns, uns in keine weiteren Streitigkeiten einzulassen. Vorläufig ließen wir uns nicht auf der Straße sehen und blieben auf der Bude, welche Kohnert mit Minzloff bewohnte.

Wir rauchten lange Pfeifen und lernten bei einigen Flaschen Bier Skatspielen. Ein litauischer Student brachte es uns bei. Wir nannten den Studenten: ›Der Cousinen-Cousin‹ deshalb, weil er verwandt mit einer Cousine von Kohnert war. Die Zeit und der Skat milderten allmählich die Katastrophe und ließen die Verfehlung uns in sanfterem Lichte erscheinen. Ja, wir fingen schon ganz wenig an, die Nachtwächter auf dem Roßgärter-Markt zu verulken. Aber die kannten keinen Spaß und schrieen uns schon von weitem an: »Dat sen je de versoapne Maoler von Nr. 8.« Also hieß es vernünftig sein und brav sich benehmen. Dagegen blühte eifrig eine neue Intrige unter unseren Lehrern in der Akademie: Schmidt, welcher mit Günther so lange dick Freund war, hatte sich längst mit ihm entzweit. Unser Lehrer beeiferte sich nämlich, die wenigen Schüler der Anstalt anzuregen, Figurenmaler zu werden. Impulsiv, wie nun Günther einmal war, empfand er nicht, welchen Feindseligkeiten er sich bei dem ersten Lehrer aussetzte.

Schmidt hatte bis dahin die meisten Schüler und mit Recht mußte er es unangenehm empfinden, wenn ihm die meisten seiner jüngsten Schüler von Günther abspenstig gemacht wurden.

Dann kamen noch vor allen Dingen Intrigen finanzieller Natur über das Gehalt des Direktors. Da die Professoren das Gehalt untereinander teilten, so war jeder auf den anderen argwöhnisch, wenn er glaubte, er ginge auf den Direktorposten aus. Vor allen Dingen war in diesen Machenschaften Heydeck der Allergefährlichste. Als Schwiegersohn Rosenfelders fühlte er sich schon sowieso als der natürliche Direktor.

Jedenfalls waren die Lehrer untereinander so verhetzt, und alle einigten sich, den neuesten und den am meisten künstlerisch empfindenden Kollegen Otto Günther aus der Akademie herauszugraulen, daß er mit aller Gewalt seinen Abschied nehmen sollte. Er hielt es auch nicht länger in Königsberg als drei Jahre aus, zumal da er vielfach krank und zum Widerstand nicht kräftig genug war. Günther fing aber an, die wenigen Schüler, welche ihm anhingen, nach anderen Akademien zu dirigieren: zwei von ihnen nach Weimar und ich sollte nach München gehen, und er versprach mir, ein gutes Wort bei Defregger einzulegen, er sollte mich zum Schüler aufnehmen.

Wer war froher als ich, in eine neue Welt zu kommen, und gerade nach der Akademie von München, welche in Deutschland am berühmtesten war. Mit diesem Wechsel des Ortes fiel aber auch das Zusammenhalten und die Freundschaft, welche unsere künstlerische Jugend in Königsberg verband, auseinander. Zwei meiner Freunde, Wellner und Rentel, gingen nach Weimar. Mit Kohnert kam ich überhaupt niemals mehr zusammen, trotzdem ich ihn hätte leicht in Berlin treffen können. Wie schon früher war ich nun in meinem ganzen Leben auf mich selbst gestellt. Ich lebte von jetzt ab einsam und leider ging es auch dabei nicht einmal ohne Konflikte ab.

Ich suchte in München Defregger auf. Am Englischen Garten hatte er ein sehr schönes und freundliches Anwesen. Defregger nahm mich liebenswürdig auf und sein Rat war ein vortrefflicher. Da ich noch nicht genügende malerische Qualitäten besaß, wollte er mich in die beste Malschule nach einiger Zeit einbringen. Alsdann konnte ich später arbeiten, bei wem ich wollte. Es war damals 1879 die Mode, daß man den Studienlauf auf diese bekannte Art innehalten mußte. Einstweilen sollte ich bei ihm in der Glückstraße, wo er einige Schüler hatte, Studienköpfe malen bis auf weiteres. Das war Sommer über und im Herbst trat ich in die Malschule bei Loeffz ein. Diese Malschule genoß einen enormen Ruf. Es genügte schon, ein Malschüler bei Loeffz zu sein: »Der schlechteste Loeffz-Schüler ist immer noch besser als der beste Lindenschmidt-Schüler oder gar Seitz-Schüler«. Diese letzteren waren die Verpöntesten von allen Malklassen der Münchener Akademie.

Im Oktober 1880 trat ich in die Malschule bei Loeffz ein. Loeffz hatte zwei große vollbesetzte Ateliers. Ich bekam sehr schwer noch einen ganz kleinen Platz. Der erste Schüler, mit welchem ich bekannt wurde, war ein Darmstädter mit Namen Johannes Leonhard. Er hatte die Methode, welche Loeffz liebte, gut erfaßt und gehörte zu den besseren seiner Schüler. Er war eine überschwängliche Natur. Der Himmel hing ihm immer voller Geigen und er konnte sich nicht genug tun, einigen unserer Mitschüler, die mir zwar noch unbekannt waren, eine glänzende Zukunft zu prophezeien. Nannte er den Namen eines Begabten, so rechnete er sich selbst unwillkürlich hinzu. Manchesmal hoffte ich nun auch heranzukommen, zu den Begabten gezählt zu werden. Aber es war ein Irrtum meinerseits, denn an mich hatte er überhaupt nicht gedacht.

Allmählich lernte ich das heitere Münchener Leben von der angenehmsten Seite kennen. Leonhard brachte mich in den Künstler-Sänger-Verein, wo ich meiner Statur nach im zweiten Baß singen sollte. Aber seit meinem Eintritt in den Verein tadelte der Dirigent uns so oft, daß ein Schusterbaß zwischen uns wäre, daß es allen auffiel und ich wohl annehmen mußte, der Tadel ging auf mich. Mit Recht durfte er mich als neues Mitglied und Schusterbaß tadeln.

Der Verkehr in den Wirtschaften war mir ein sehr sympathischer, auch war ich bei meinen Kollegen sehr beliebt. Im Mathäser-Bräu war eine große akademische Versammlung, es sollte eine maskierte Kneipe besprochen werden. Wir berieten hin und her, eine ›Reise um die Welt‹ schien das Beste. Da wurde ich von einer Idee erleuchtet und bat den Präsidenten der Versammlung um das Wort: »Ich möchte einmal auch was reden!« war mein Anfang. Das erweckte aber ein solches Hallo und einen Sturm von Heiterkeit, daß ich es vorzog, diesen Erfolg einfach hinzunehmen, ich setzte mich und schwieg. Es wurde weiter organisiert und endlich war man entschlossen, eine Kneipreise um die Welt als Titel zu nehmen. Man nahm das größte Lokal Münchens in Aussicht, das war Kiels Kolosseum. In jeder Malschule sollte ein Abgesandter als Komiteemitglied gewählt werden nebst einem Entwurf, welches Thema jedes Atelier vorschlagen wollte. In unserer Loeffzschule plante man ›Eine ostpreußische Fischerkneipe‹. Zum Thema hatte ich absolut nicht beigesteuert, denn ich war still und schüchtern. Desto vorsichtiger sollte ich sein in Angelegenheiten, welche meine Person betreffen würden. Wie es kam, weiß ich jetzt nicht: Als ein Komiteemitglied gewählt werden sollte, fiel die Wahl auf mich. Stolz und Eitelkeit waren es besonders, daß ich, nachdem ich mich auf das ernsthafteste versicherte, es stecke keine Ulkerei dahinter, die Wahl annahm. Kaum zwei Monate in der Malschule und schon diesen Vertrauensposten! Das blähte mir die Brust. Leider war aber auf Seiten meiner Mitschüler das Vertrauen weniger ernst. Ich hörte und fühlte bald, daß meine Stellung in jeder Beziehung erschüttert sei. Ich hatte noch niemals einen Posten wie diesen bekleidet. Ich wußte kaum, was ich da eigentlich zu tun hatte. Nur war mir das eine klar, daß in den Komiteeversammlungen die übrigen auch nicht viel klüger waren, als ich. Und nun war ich sogar in ein engeres Komitee gewählt! Einer aus meinem Atelier, welcher mir nicht besonders grün war – er hieß Viktor Thomas – sprach zuerst seine Unzufriedenheit und die der ganzen Klasse besonders aus. Ich widersetzte mich natürlich, so gut ich konnte, aber da meinte der Rädelsführer, ich wäre für München noch viel zu neu, ich freute mich nur, Gelegenheit zum Trinken zu finden oder zum mindesten, die Abende in angenehmer Gesellschaft zu verbringen, ich vergesse vollkommen die Würde der Loeffz-Klasse zu wahren und warum ich überhaupt so unhöflich wäre, denn er hätte mich des öfteren auf der Straße gegrüßt, ohne daß ich wieder gegrüßt hätte. Ich mußte mir ja selbst sagen, daß er beinahe in allem nicht so unrecht hatte. Deshalb trug ich an, ohne das Leben in der Malschule zu kennen, noch einmal gewählt zu werden. Zu meinem Glück ging ich aber wieder durch. Aber der Stachel blieb doch in uns allen sitzen. Ja, sogar mein erster Bekannter, Leonhard, rief höhnisch aus: »Sagen Sie bei der Komiteezusammenkunft, wir hätten überhaupt kein Mitglied.« Ich trug das natürlich der Komiteegesellschaft vor, aber die wollten von der Wahl eines anderen nichts wissen. Diese maskierte Kneipe endigte mit einer furchtbaren Katastrophe: etwa fünf junge Leute aus einer Bildhauerklasse verbrannten jämmerlich. Diese Episode fiel in den Februar 1881.

Wenn auch hin und wieder dem Vergnügen nachgegangen wurde, so wurde doch meistens sehr ernst gearbeitet. Gerade unsere Schule war durch die Strenge des Lehrers berühmt. Es kam ihm auch nicht darauf an, irgendeinen Schüler an die Luft zu setzen, indem er es zu begründen pflegte: »Es warten schon andere auf den Platz«. Die Modelle pflegten monatelang, ja bis zum halben Jahr zu sitzen. Namentlich beliebt waren alte oder solche Modelle, welche kein Rot mehr im Gesicht hatten, Ruinen der Menschheit nannten wir sie. Man suchte etwas darin, die Studie in grau-grünlicher Stimmung wiederzugeben. Wir nannten eine derartige Arbeit: »Fein im Ton«. Loeffz kam dann und lobte, wenn ein Schüler in seiner beliebten Manier gearbeitet hatte: »Sehr gut im Ton« oder »Noch zwei Jahre bei mir und Sie sind ein fertiger Künstler«. Oder er hatte gar ein drittes Atelier erhalten, dann sagte er: »Ich werde ein Atelier für wenige und sehr begabte Schüler einrichten und dazu werde ich auch Sie erwählen«. Das hatte er auch zu mir gesagt, nachdem ich drei Jahre bei ihm studiert hatte. Das heißt also, ein Jahr fiel davon fort, weil ich das ›Einjährige‹ abdienen mußte.

Ich kam in die Türkenkaserne in der Theresienstraße und stellte mich dem Arzt vor. Ich redete soviel ich konnte von krankem Herzen, schlechten Augen und was ich alles gehabt haben mochte. Er aber kniff mir in den Oberschenkel und sagte: »Mit den Muskeln wollen Sie frei kommen?« Es half eben nichts, und schweren Herzens mußte ich am 1.Oktober 1882 in dieselbe Kaserne eintreten und zwar in das zweite Infanterie-Regiment Kronprinz. Wir waren etwa 30 Einjährige. Ich und fünf davon kamen in die sechste Kompagnie. Diese sechste sollte nun gerade die strengste Kompagnie des ganzen Regimentes sein. Der Hauptmann war berüchtigt als sehr strenge und hieß Schuster.

Ich habe ihn Gott sei Dank nicht praktisch kennen zu lernen brauchen, denn ich wurde mit einem Einjährigen aus der zehnten Kompagnie ausgewechselt. Diese war nun die mildeste, ihr Hauptmann hieß Schneider. Er war liebenswürdig und schien einfältig zu sein. Oktober bis April waren wir vollständig unter dem Befehl des Instruktionsleutnants Premierleutnant Sch. Zuerst tat er furchtbar streng gegen uns, er flaute aber bedenklich ab, bis er uns zuletzt riet, uns nicht so viel in den Café's herumzutreiben, damit es nicht heißen sollte, die Einjährigen des zweiten Infanterie-Regiments hätten nichts zu tun.

Einige von uns liebte er ganz besonders, namentlich diejenigen, welche glatte Gesichter hatten. Dann streichelte er und poussierte auf dem Kasernenhof herum, als wenn er Kellnerinnen aus dem Café Luitpold abknutschte. Er hatte sogar an einem schlappen Kerl einen solchen Narren gefressen, daß dieser sich herausnehmen mochte zu tun, was er wollte. Er besaß einen gewissen Humor, z. B. beim Parademarsch kritisierte er: »Sie kommen ja an, wie das letzte Aufgebot von Defregger«, oder den Unteroffizier Reig, welcher bei ihm in Ungnade gefallen war und dem er mit samt den Einjährigen des dritten Gliedes, welche ihm alle mißfielen, fortwährend am

Zeuge flickte, tadelte er mit den Worten: »Das dritte Glied ist eine zwölffache Photographie von Ihnen, Unteroffizier Reig.« Die Ausbildung war, wie wohl jeder denken kann, vollkommen ungenügend. Im Großen blieb alles zu wünschen übrig und im Kleinen war eine überflüssige Genauigkeit. Mir war es gerade so recht. Im Jahre 1885 machte ich zuerst eine sechswöchentliche Übung in Metz auf dem Fort Saint Quentin und dann gingen wir nach Lothringen in das Manöver. Später waren noch zweiwöchentliche Übungen als Unteroffizier in Königsberg und Pillau. Wenn es auch im Ganzen mir recht schwer fiel, so schien mir doch der preußische Drill sachgemäßer und besser zu sein.

Als ich mein Jahr abgedient hatte, kam ich wieder in die Malschule von Loeffz. Er lobte mich sehr und sagte, daß ich während der Zeit meines Dienstes unbewußt ausgezeichnete Fortschritte gemacht hätte. Bei diesem Fortschritt wäre es nur jedem zu wünschen Soldat zu werden. Goethe sagt, wie Eckermann irgendwo mitteilt, daß er, falls er nicht künstlerisch tätig war, immer Rückschritte zu verzeichnen hatte. Demnach, sagt er, scheint sein Talent für die bildende Kunst nicht besonders groß gewesen zu sein.

Der große Goethe hat nicht so sehr unrecht gehabt. Ich habe selbst bei meinen Schülern dieselbe Beobachtung gemacht, daß die Talentloseren bei Unterbrechung ihrer Studien auch absolute Verschlechterung ihrer Arbeiten verzeichneten.

III

Intrigen und Betrachtungen

Je größer die Individualität eines Künstlers ist, desto größerem Mißverständnis ist er von Seiten des Publikums ausgesetzt. Der Kampf ums Dasein zwingt den Künstler, sein Bestes zu bringen, und so ist der Wettlauf auf das Äußerste angespannt. Um ihn herum mögen seine Kollegen, selbst seine Freunde hinsinken, wenn er nur als Stärkster obsiegt. Solange bei diesem Kampfe nur die Stärke des Siegers ausschlaggebend wird, wird niemand zu bedauern sein, denn es ist das Schicksal des Schwächeren, dem Starken zu unterliegen. Aber die Konkurrenz braucht leider oft gewundene Wege: Neid und Mißgunst werden mit allen Mittelchen angewendet, um den Gegner rücksichtslos zu Fall zu bringen. Es ist bekannt, daß unter den Künstlern aller Systeme die größten Machenschaften im Schwange sind und die größten Intrigen gesponnen werden. Dieses Strebertum wird von der Welt streng verurteilt – verurteilt, wenn der Ränkesüchtige sich verspekuliert hat. Dagegen wird er bewundert, wenn er im Kampfe Sieger bleibt und seine Gegner überwunden hat.

»Enthaltet Euch aller Kunstpolitik!« ruft man uns zu. Wer aber im Leben ehrgeizig ist und eine Rolle spielen will: –Halt! Da liegt bereits der Hase im Pfeffer. Wer hat dir als strebsamen Künstler geraten, eine Rolle spielen zu wollen? Mit aller Kraft ringe nach dem Höchsten, meinetwegen drücke deine Nebenbuhler rücksichtslos kraft deiner größeren Stärke an die Wand, daß sie nicht mehr jappen können, aber niemals um kleinliche Eitelkeiten, wie du sagst, z. B. »eine Rolle spielen wollen«, damit du unter hohlen Affen der größte Afferich wirst.

In dieser Rubrik, welche ich als Streberei bezeichne, gibt es auch noch eine Spielart, welche ich mit Leisetreter bezeichnen möchte. Sie trüben kein Wässerchen und scheinheilig lispeln sie, daß sie um nichts in der Welt jemand wehe tun möchten.

Ist es die Wahrheit dieser Blutleeren, so sind sie keine Künstler, denn bei diesen herrscht Temperament und impulsive Leidenschaft vor. Ist es aber Lüge, so ist sie die allerniedrigste Streberei, auf das

Äußerste talentlos und in jeder Beziehung unkünstlerisch. Wenn dieser Mensch aber talentlos und unkünstlerisch ist, kann er doch niemals unter Künstlern vorwärts kommen? sagst du kopfschüttelnd. Dennoch is es so. In den höchsten Stellen sind diese Impotenten zu finden und spielen eine desto größere Rolle, je talentloser sie sind. Es soll weiter nichts bedeuten, als daß ich in dieser Schrift meine Erfahrungen zum Besten geben will, und da man nicht viel bedeutet, so ist das Intrigenspiel, was ich beobachten konnte, auch nicht bedeutend. Die größten und berühmtesten Künstler haben das Intrigenspiel allereifrigst betrieben. Man möge nur bei Vasari nachlesen oder im Benvenuto Cellini. Am berühmtesten sind wohl die Ränke, welche Bramante und Raffael gegen Michel Angelo in Szene setzten; es handelte sich dabei um nichts Geringeres, als die Malereien Michel Angelo's in der Sixtinischen Kapelle zu vereiteln. Vielfach sind grade unter den Künstlern der Renaissance das Gegeneinander und Füreinander sehr im Schwange. Ich will aber aus meiner Jugendzeit anfangen und schildern, was ich alles beobachtet und ich alles erlebt habe. Ich hatte zufällig in der kleinen Akademie zu Königsberg genügend Gelegenheit, den Kampf ums Dasein bei den Lehrern untereinander zu erleben.

Unter den Lehrern war einer, welcher Otto Günther hieß. Er war zu der Zeit berufen worden, als ich ebenfalls meinen Kursus in der Akademie antrat. Der ehemalige Direktor Rosenfelder brauchte einen Nachfolger. So munkelte man, daß er an Stelle des verstorbenen Direktors kommen sollte. Deshalb hatte seine Stellung schon von vornherein einen Riß, weil schon genug Geschicklichkeit dazu gehörte, diesen Argwohn zu zerstreuen. Heydeck, der Schwiegersohn des Direktors Rosenfelder, hielt sich lediglich schon aus diesem Grunde zu seinem Nachfolger berufen. Da er bereits die Malschule als Lehrer an sich gebracht hatte, mußte er ihm jetzt die Korrektur der Modellklasse räumen. Das machte schon böses Blut, und bei der ostpreußischen Dickköpfigkeit und dem nationalen Charakter des Nachtragens war ein Gegner, wie Heydeck es war, absolut nicht zu unterschätzen. Er wartete ruhig ab, bis die Stellung des Neulings auch bei den anderen Kollegen ins Wanken kam. Einstweilen war grade er dem jetzigen stellvertretenden Direktor Max Schmidt, welcher ebenfalls wie Professor Otto Günther aus Weimar gekommen war, eitel Liebe und Freundschaft. Günther hier, und

Schmidt da! nannten sie beide sich untereinander, und ich glaube, daß sie sich gegenseitig das ›süße Du‹ angetragen hatten. Das dauerte aber nicht lange. Der Argwohn auf den Direktorposten blieb latent, und bald sorgte die Fama für weitere Gerüchte, daß die Schüler der Landschaftsmalerei, z. B. also die Schule des Max Schmidt, durch Günther für die Figurenmalerei herübergezogen werden sollten. In dürren Worten wollte er die Mehrzahl der Schüler für sich gewinnen.

So wurde bald die Stellung der beiden Freunde arg erschüttert, und durch manche andere Zwischenträgereien wurde die Stellung Günthers noch unhaltbarer. Er war auch nicht von der festesten Gesundheit, und man munkelte schadenfroh, er litte an Verfolgungswahnsinn. Wenigstens sagte mir mein Freund Kohnert, und das machte bald die Runde in der Akademie, Günther wäre plötzlich ohne anzuklopfen in sein Atelier getreten und hätte ihn zur Rede gestellt, warum er über ihn so laut geschimpft hätte, daß man es deutlich in seinem Atelier hören konnte. Der Fall ist nie aufgeklärt worden; ob beide die Schuld daran hatten? Jedenfalls schwor Kohnert hoch und heilig, daß ihm nichts von Schimpfereien bewußt gewesen war. Für mich war Günther ein ausgezeichneter Lehrer und was noch mehr wert war: Er war mir ein väterlicher Freund. Geistvoll und sprühend zog er mich, den schwerfälligen und argwöhnischen Jüngling, zu sich heran. Auch kneipte er oft mit uns und zwang uns, daß wir bei unserem Trinken aus Hochachtung und ihm, dem Lehrer, zu Liebe, ein gewisses anständiges Betragen einhalten mußten.

Günther überredete uns – es mochte etwa im Juli 1878 gewesen sein – eine Studienreise nach Thüringen zu machen. Wir taten uns vier Akademiker zusammen und schnorrten uns die Fahrt vierter Klasse zusammen. Die Fahrt ging zum ersten Male nach Berlin und gar noch über Berlin. In Weimar holte uns Günther von der Bahn ab und spielte, da er doch Weimaraner war, den geschicktesten Führer, welchen wir nur haben konnten. Später sollten wir dann in Herges, ein von Malern besuchtes Dörfchen, einquartiert werden, und zwar bei dem dicken Emil. Der Pensionspreis war 2,25 Mark mit Kaffee nachmittags. Einstweilen blieben wir noch einige Tage in Weimar.

Zu jener Zeit war Weimar das steckengebliebene, ich möchte fast sagen das mumifizierte, verkapselte Gehäuse seiner größten Berühmtheiten. Es gab z. B. Leute, welche noch mit Goethe, Schiller oder Herder und Wieland gesprochen hatten, und man sah noch ehrfürchtig einem älteren Herrn nach, wie er über die Straße stieg, und man raunte dem Fremden ehrfürchtig zu: »ein Enkel Goethes«. Liszt und Wagner, welche die späteren Berühmtheiten waren, blieben den Thüringern schon weniger interessant.

Günther suchte natürlich dadurch, daß er mit sechs großen, forschen und jungen Leuten als seine Schüler in dem kleinen Nest herumzog, sich selbst in das gehörige Licht zu stellen. Für uns blieb aber der Atelierbesuch, wo wir damals berühmte Künstler kennen lernten, von ungeheurem Interesse und Vorteil. Bis heute ist mir der Besuch bei Preller und den andern stets in angenehmer Erinnerung geblieben.

Preller war der älteste und berühmteste Künstler, am berühmtesten war er durch seine Odyssee-Bilder geworden. Auf der Ober-Tertia hatten wir einem abgehenden Lehrer eine solche Mappe zu Erinnerung geschenkt. Als wir in sein Atelier eintraten, sah der kleine bärtige Herr zu uns herauf und konnte nicht genug seine Verwunderung ausdrücken, als er der Reihe nach die eintretenden jungen Riesen bewunderte, und als zufällig gerade der zuletzt eingetretene auch der körperlich größte war, war er geradezu baff und meinte, so was hätte er doch noch nicht gesehen. Er war sächsisch freundlich und unterhielt uns als gewandter Gesellschafter, dem schon Goethe ein Stipendium verschafft hatte, auf das Beste, fragte nach unsrer Absicht in der Kunst und allem, was sonst bei Antrittsvisiten üblich ist. Nächst Preller kamen wir zu Brendel, dem Direktor der Kunstschule. Günther zog sich vor diesem Besuch die Handschuhe an, als Zeichen, daß es hier wohl formeller zugehen würde. Er hatte in Arbeit einen Pferdemarkt - das war nun Wasser auf unsere ostpreußischen Mühlen. Wir wurden lebhaft und sprachen vom Pferdemarkt in Wehlau und manches andre. Brendel war ein stiller und fischäugiger Herr von sehr konventionellem Benehmen. Soche Berühmtheiten hatten wir im Leben noch nicht gesehen und ebenfalls nicht solche Prunkräume als Ateliers. Dann besuchten wir das Genie jener Weimarer Zeit, den Landschaftsmaler Buchholz. Er lebte still, melancholisch und zurückgezogen. In seinem Atelier standen viele Bilder kleinen Formats, welche grade zu jener Zeit von der Kritik so gelobt wurden. Die Kritiker nannten die Bildchen so sinnig ›die Natur im Morgenkleid‹. Es ist merkwürdig, wie viele neue Bilder bereits über die Welt ›gestürmt‹ sind, und doch wirkt das Neueste und Umstürzlerischeste nach einer Zeit von Jahren bereits harmlos und gar nicht stürmerisch. Nur Bahn bricht sich das wirklich Gute, und auch nur das Gute ist das Bleibende.

Wir kletterten dann zu einem Olaf Winkler in das Atelier. Der hatte nichts Geringeres gemalt als ›die Erde von den Kratern des Mondes aus gesehen‹. Er hatte mehrere Fassungen dieses Bildes: rund und in quadratischem Format, immer mit rotem Sammetrahmen. Der Künstler selbst schwärmte von diesen originellen Bildern. Er zweifelte gar nicht, daß er mit einem Schlage damit berühmt werden würde, und ich glaubte ihm dieses gern, denn mir imponierten diese Bilder kolossal. Tempi passati!

Unser Lehrer Günther führte uns eines Tages zu seinem liebsten Freunde Weichberger. Er war bei uns bereits sehr geschätzt durch seine Bucheninterieurs. Als wir in seine Wohnung eintraten, bot sich uns ein Familienidyll schönster Art dar. Ein starker, lustiger, rotlockiger Mann schwang ebensolchen nackten Jungen in dem Zimmer herum, und die Mutter, eine schöne üppige Frau, sah bewundernd und lachend zu dem ›Familienglück‹ empor. Wir wurden sehr schnell sehr befreundet und Weichberger ließ es sich nicht nehmen, seinen liebsten Freund und dessen Schüler den ganzen Tag überall hin zu begleiten, wo es für Maler etwas Interessantes zu sehen gab. Bei dem Niederschreiben des idyllischen Heims muß ich von einst auf heute gedenken: Vor einigen Jahren fuhren wir auch von Berlin nach Weimar, um den Künstlerbund zu gründen. Wir kneipten abends in der alten Hufschmiede, welche zum Künstlerklub arrangiert war, sehr animiert und sehr eifrig. Mit dem alten Landschafter Hagen kam ich ins Schwatzen, und wir erzählten einander eifrig von den vergangenen Zeiten, welche wir beide in Weimar durchlebt hatten. Er sagte mir, daß Weichberger ebenfalls hier wäre und, wenn es angängig wäre, würde er uns sehr gern miteinander bekannt machen. Nach einiger Zeit, als bereits dieses Gespräch fast vergessen und Hagen verschwunden war, trat er wieder ein mit einem ganz alten, gebückten, weißhaarigen Herrn, der geführt wurde von einem fetten, gleichgültig drein schauenden jüngeren Menschen. Hagen stellte mir die beiden vor als ›Weichberger und Sohn‹. Überrascht war ich, was oft die Zeit für einen Wechsel anrichten kann. Endlich mußten wir uns aber von Weimar losreißen, denn wir sollten nach Herges reisen, und Günther wollte auch fort zu seiner Familie nach Liebenstein. Teils zu Fuß, teils per Bahn zogen wir nach Herges. In den Dörfern tummelten sich die Bauern auf den Kegelbahnen. Wie wir bis jetzt nur auf Bildern gesehen hatten, trugen die Männer Pelzhauben, Kniehosen mit Strümpfen und langen weißen Röcken. Die Mädchen Kopftücher, Mieder mit vielen silbernen Knöpfen und kurzen Röcken. Ich dachte nie, daß es in der Natur so etwas Lustiges und Schönes geben könnte. In unsrer Heimat, in Ostpreußen, bewegten sich die Menschen schwerfällig und ernsthaft, ganz abgesehen von dem malerischen Kostüm, das bei uns ganz alltagsgewöhnlich aussah.

Über den Hügeln lag silbriger sommerlicher Dunst und die junge Saat sprießte in der heiteren Sonnenwärme fruchtbar empor in den verschiedensten Farben. Die Felder drehten sich bei der Schnelligkeit des Zügl's im Kreise herum. Wie eine Kutscherweste, sagte unser Anführer und Ältester Max Pentel, welcher als Lieblingsschüler Günthers auch bei uns eine große Autorität ausübte. Der Himmel hing uns buchstäblich voller Geigen. Endlich waren wir da, nachdem wir die letzte Strecke wieder zu Fuß querfeldein einschlagen mußten. Der dicke Emil war uns entgegen gekommen, er stellte sich als ein äußerst jovialer junger Wirt dar, der mit seiner Mutter und jungen Schwester zusammen die Wirtschaft führte.

Als wir angelangt waren, stellte der dicke Emil der Reihe nach sein ganzes Gesinde vor, seine Mutter, seine Schwester, die übrigens bildschön war, und einen jüngeren Mann, welcher ein bekannterer Maler aus Weimar war und wohl mehr auf der Seite zur Schwester gehörte. Freiersleben war sein Name. Er mochte Anfang dreißiger sein, für uns galt er als ein älterer Herr, der Pietät verlangte und Hochachtung uns jungen Bengeln gegenüber beanspruchte. Mit Günther war er von früher noch befreundet. Er gehörte zu jenen interessanten Künstlererscheinungen, wie sie in den Romanen vorkamen. Etwas münchnerisch angehaucht, mit ›einsamen Augen‹, verschlossenen Antlitzes, kurz und gut, wie sie Paul Heyse im ›Paradies‹ schildert.

Freiersleben erzählte mit besonderer Vorliebe, daß er dem berühmten belgischen Professor Pauwels zu einem jungen Landsknecht auf einer ›Inquisition‹ Modell gestanden hätte. Es war ihm nichts recht, und er hackte auf allem herum und nicht zum wenigsten auf meinem verehrten Lehrer Günther. Jetzt hätte er die goldene Medaille auf der Berliner Kunstausstellung am Kupfergraben erhalten. Nun gut, ›er‹ hatte ja niedliche Genrebilder gemalt; aber was ist er gegen Böcklin: ein Zwerg gegen einen Riesen. Böcklin fing grade zu jener Zeit an, seine ersten Erfolge einzuheimsen.

Mir war es vor allen Dingen unbegreiflich, wie jemand gegen meinen geliebten Lehrer derartige Blasphemien ausstoßen konnte. Zu jener Zeit verstand ich nicht, daß Gleichaltrige immer auf einander eifersüchtig sind. Gleichsam daß dem Einen der Erfolg des Andern in die Nase stinkt. Nichts ließ er gelten, auch den alten Preller nicht. Er wäre ein Kriecher und Streber; dabei führte er eine niedrige Geschichte in seinem Verhalten gegen Liszt vor. Liszt war hauptsächlich wegen seiner vielfachen Amouren gegen die Weiber berühmt. Zwischen mir und dem ewig nörgelnden Freiersleben war eine unüberbrückbare Antipathie eingetreten.

Aber dennoch ging die Zeit in Thüringen mit all dem Neuen im Fluge fort, und gar als erst die Kirmes vor der Tür stand. Auf den Dorfplätzen wurden Tanzböden und Buden aufgebaut. Von einem Dorf zum andern tönten lustige Tanzweisen herüber. Wir klapperten alle Dörfer in der Umgegend ab und stellten uns möglichst nahe an den erhöhten Tanzpodien auf. Die Buben drehten ihre Liebsten im Tanze herum, daß die Röcke flogen, daß sie wie ein aufgespannter Regenschirm bis zum Nabel zu sehen waren. Ländlich – sittlich. Weil wir uns mit den Sitten des Landes nicht zurechtfinden konnten, alles von der komischen Seite betrachteten und hauptsächlich mir jeder Takt fehlte, mich verständig zu benehmen, setzte es oft grobe Worte von Seiten der Bevölkerung ab und noch gröbere Püffe. Von Glück kann ich sagen, daß wir nichts Gefährlicheres erfahren hatten. Aber die Einheimischen besaßen mehr Klugheit und Takt, daß sie die Gäste ihre Dummheit nicht schlimmer entgelten ließen. In den Nächten hörten wir melancholische alte Volksweisen von Buben und Mägden gesungen, die verliebt Arm in Arm nach Hause strebten.

Endlich ging dieses Vergnügen auch zu Ende und wir mußten mit schwerem Herzen an unsere Heimreise nach Ostpreußen denken. Viele Freude hatten wir erlebt, ohne zu sehr unsere Dummheit und die Unannehmlichkeit der Menschen kennen gelernt zu haben; auch das Herz blieb unberührt. In Königsberg sollte das alte Leben, wie es früher war, wieder vor sich gehen. Wir sollten eine Klasse höher steigen zu Günther, welcher die Malschule für sich durchgesetzt hatte. Die Feindschaft der Lehrer spitzte sich immer mehr zu. Bei Allem wurde das Übelwollen sämtlicher Lehrer gegen den einen Günther bekundet. Der Oberpräsident von Horn, ein beliebter alter freidenkender Beamter, sollte seinen Abschied nehmen. Zur Erinnerung verehrten ihm die Schüler und Lehrer der Akademie eine Mappe mit Handzeichnungen. So war wenigstens die Absicht, aber Günther erlaubte es seinen Schülern nicht, ein Erinnerungsblatt hineinzuzeichnen, und verweigerte es für sich ebenfalls. Ob seine Schüler wirklich noch nicht reif genug wären, um derartige Blätter zu zeichnen, wie er sagte, möge dahingestellt bleiben, aber die Lehrer freuten sich, eine Falle für ihn zu finden, weil er es auch selbst refüsiert hatte. So plump wollte er nun doch nicht sein, Günther schenkte dem Oberpräsidenten persönlich ein kleines niedliches Bildchen: ›eine Thüringerin im Kostüm, einen Brief schreibend‹. Nun hatte er doch wieder den Vogel abgeschossen, und er wurde noch die kurze Zeit bei dem Beamten sehr beliebt. Er wandte sich von jetzt ab um Urlaubsgesuche etc. direkt an den Oberpräsidenten, seinen höchsten Vorgesetzten, und infolgedessen konnten die Lehrer nichts gegen ihn tun. Als der Sturm im Glase Wasser immer mehr tobte und die ganze Angelegenheit unhaltbar wurde, spielte Günther seinen letzten Trumpf aus: Er brachte es dahin, daß die talentvollen Schüler aus Königsberg auswanderten und durch seine Verbindungen an andere Akademien sich überweisen ließen. Mich bestimmte er für München zu Defregger, Rentel und Wellner, meine intimsten Freunde, nach Weimar und Großmann nach Berlin. Viele waren es ja nicht, aber für die Kleinheit der Akademie immerhin ziemlich einschneidend. Er selbst wollte um dieselbe Zeit wie die Schüler fortgehen. Für das Sommersemester 1880 war ich nun bei Defregger untergebracht, und im Herbst hatte Defregger befürwortet, daß ich zu Loeffz übergehen sollte. Nun habe ich bereits erzählt von meinen ersten Intrigen mit einem Kollegen aus der Malschule, als sie mich in das Komitee der maskierten Kneipe wählten und dann mich wieder absetzen wollten. Wenn es auch noch so harmlos aussah, verwundete es dennoch meinen Stolz. Als man auf mich als Komiteemitglied verfiel, war ich so eitel, daß ich nicht klug genug war, es glatt abzuweisen. Ich lebte immer ablehnend und verschlossen für mich allein. Es war immerhin sonderbar, daß alle Leute auf mich verfielen, ohne daß ich ein rechtes Verständnis für derartige Organisationen noch Erfahrungen besaß. Mein Feind hatte ganz recht, als er die andern auf mich hetzte mit dem Bemerken, daß es mir gefiele, weil ich nun mit Bekannten kneipen konnte. Trotz alledem mußte ich doch nicht zu untauglich gewesen sein, wie alle sagten, die mich verulken wollten, denn ich wurde auch bald in das engere Komitee gewählt für Dekorationen und literarische Aufsätze. Es war wohl doch das alte Prinzip des Ostpreußen: Etwas in die Hand nehmen und energisch ausführen. Mit der Zeit legte sich auch dieses Mißverständnis und ich wurde nicht allein befreundet mit meinen Kollegen, sondern auch als talentvoller junger Mensch von meinem Lehrer Loeffz geachtet. Professor Loeffz war ein sonderbarer Herr, launisch und übelnehmerisch. Als ich das Jahr abgedient hatte und mich bei Loeffz in die höchste Gunst gebracht hatte, brachen plötzlich unsre Gefühle für einander gegenseitig ab und es wurde mir klar, mich jetzt auf eigene Füße zu stellen, zuerst ein Privatatelier zu nehmen und dann sobald wie möglich fort von München, womöglich nach Paris zu gehen, wohin alle Welt zu jener Zeit strömte. Ich hatte aber gern das, was nicht jedermanns Art war. Der Aufenthalt in Paris war mir schon zu allgemein und vor allen Dingen die Gehässigkeit der Franzosen auf uns Deutsche seit dem Kriege war mir zu unangenehm, als daß ich mich dieser aussetzen wollte, denn die Meisten, ließ ich mir erzählen, verleugneten ihre deutsche Abstammung, um einigermaßen dort fortkommen zu können. Ich entschloß mich deshalb nach Antwerpen zu gehen. Von Bekannten aus einer Kegelbahn erhielt ich einige Empfehlungen an einen Maler Paul Eugène Gorge, welcher ein sehr angenehmer Mensch sein sollte, und dann würde ich allmählich schon mit anderen Künstlern bekannt werden. Als ich von München nach Belgien reiste, schrieb mir mein Vater, Günther wäre in Weimar gestorben. In Königsberg sollte von seinen Schülern, welche noch dort geblieben waren, ein ehrenvoller Nachruf in die Zeitung gesetzt werden. Diese harmlose Notiz wurde von dem Lehrerkollegium strenge gerügt, Professor Schmidt tadelte vor sämtlichen Lehrern und Schülern diejenigen, welche diese Nachricht in die Zeitungen gebracht hatten. Also Haß bis zum Tode, echt Ostpreußisch! Das war das Letzte, was ich noch von der Akademie hörte.

Ich hatte an Günther einen Studienkopf einer alten Frau geschickt, damit er meine Fortschritte konstatieren könnte. Mit dem Empfang der Studie teilten mir seine Angehörigen seine schwere Krankheit mit. Die Malerei behielten sie einstweilen da; in der Unruhe war es wohl natürlich. Aber nach dreißig Jahren tauchte sie wieder auf, und ich hörte von ihr, daß sie für mehrere tausend Mark verkauft wäre. Wenn ich früher selbst dafür fünfzig oder gar hundert erhalten hätte, so wäre ich vielleicht dem Größenwahn verfallen. Aber so verhinderte ein gutes Geschick, in diese Lage zu kommen, denn kein Mensch wollte überhaupt nur einen Pfennig für meine Malereien ausgeben.

In München hatte ich in der Augusta-Straße ein Erstlingsbild gemalt, ›der schwarze Plan‹ betitelt: Verbrecher, welche in einem Bodenraum mit obligaten Sonnenstreifen die Köpfe zusammensteckten. Dabei war ein großer Bernhardinerhund. Die Kritik verhöhnte mich wegen des Titels, so daß ich das Bild in ›ein Komplott‹ umtaufte. Während ich nach Antwerpen fuhr, schickte ich dieses Bild nach London zu einer Ausstellung, welche mich ›persönlich‹ eingeladen hatte. Nun schrieb man mir aus München, daß ich für dieses Bild eine bronzene Medaille erhalten hätte. Trotzdem ich noch so viel herumgeschrieben hatte, konnte mir niemand die tatsächliche Bestätigung über die Prämiierung geben. Mein Vater war im Sommer nach Antwerpen gekommen mich zu besuchen. Von dieser ewigen Ungewißheit wurden wir gegenseitig so nervös, daß wir mehr Schaden als Vergnügen von diesem mystischen Erfolg hatten.

Drei Monate hatte ich nun schon in Antwerpen geweilt, dazu noch den letzten Monat mit meinem Vater, und es gefiel mir immer weniger. Die wenigen Bekannten, welche ich durch Gorge erworben hatte, waren zwar liebenswürdig, aber sie sprachen nicht meinem Charakter zu, und in erster Linie wird es wohl daran gelegen haben, daß sie eine andre Nation waren; der echte Ostpreuße kann sich eben nicht mit Fremden zusammentun. Gorge z. B. fand ich so liebenswürdig und rein von Charakter, daß ich bis heute mit ihm befreundet bin. Wenn nicht heute der greuliche Weltkrieg unserm

Verkehr ein Ende gemacht hätte, so würde er noch heute dauern. Ich ging nun auf gut Glück nach Paris. Es war mir gleichgültig, wie hoch mich die Franzosen einschätzen würden, nur heraus aus diesem langweiligen Nest. Oktober des Jahres 1884 traf ich in Paris ein und trat in die berühmte Akademie Julien ein. Dieses Institut war von einem geschickten Spekulanten gegründet und er verdiente wohl durch das vielfache Zusammenströmen der Ausländer sehr viel Geld.

Meine Lehrer waren Bougereau und Tony Robert Fleury. Sie wechselten jeden Monat ab. Namentlich Amerikaner und Engländer waren das Hauptkontingent und natürlich auch genug Franzosen, welche schon recht chauvinistisch sein konnten, aber während dieser drei Jahre, die ich dort blieb, mich ziemlich in Ruhe ließen.

Interessant war es bei der Eröffnung des Salon, da die Lehrer zu den einflußreichsten von Paris gehörten. Es korrigierten noch außer diesen beiden in anderen Ateliers Levèvre und Boulanger – so hatte das Institut einen großen Einfluß. Sie protegierten ohne Frage ihre Schüler, denn der Schüler gab im Sekretariat die Nummer seines Einlieferungsscheines an, wonach die Lehrer wußten, wieviele und was die Schüler eingeliefert hatten. Ferner war es auch wichtig für die médaille d'honneur. Da jeder Franzose, welcher einmal ausgestellt hat, das Recht hatte, seine Stimme für die médaille d'honneur zu geben, so waren die Lehrer auch eo ipso angewiesen, möglichst viele Stimmen unter ihren französischen Schülern zu werben. Im ganzen war das liebenswürdige Benehmen den Franzosen angeboren, namentlich wenn jeder Schüler die Bedeutung des Honorars mächtig steigerte. Der Leser hat hoffentlich nicht vergessen, daß mein erstes Bild ›Ein Komplott‹ in London die fragliche bronzene Medaille erhalten haben sollte. Nun wollte ich es im Salon ausstellen und ließ es an die Spedition Michel & Veinchel dirigieren. Darauf bat ich meinen Lehrer Bougereau, welcher mich besonders leiden mochte, das Bild anzusehen. Er sagte es mir zu und vergrößerte noch seine Liebenswürdigkeit, indem er mir sagte, daß wir beide das Bild beim Spediteur ansehen wollten. Ich war an dem bestimmten Tage bereits früh auf und konnte so das einsame Paris in der Morgenfrühe studieren. Ich war natürlich bereits da, als die Spedition noch vollständig geschlossen war, um ja nicht die Zeit zu versäumen. Als wir die Kiste aufmachen ließen, prangte uns bereits ein breites Schild entgegen mit der Aufschrift Bronz Medal. Also wirklich hatte ich die Auszeichnung erhalten. Bougereau, welchen ich noch schüchtern fragte, ob das Bild angenommen würde, gab eine unbestimmte Antwort: je crois oui, possible. Also trotz der Medaille, welche mir entgegenleuchtete! Nun kamen neue Befürchtungen: wenn es refüsiert wird, dann nützt mir ja doch die Auszeichnung nichts. Um aber dieses Schwanken zu beendigen, sei mitgeteilt, daß das Bild zwar auf einen miserablen Platz kam, aber immerhin aufgenommen war. Niemand war glücklicher wie ich. Einen Trost erblickte ich für meine Kunst in der Zukunft, in welcher sich schon alles zum Besten kehren würde.

Ich hatte mir vorgenommen, drei Jahre zu bleiben, um alles was in Paris zu lernen war, zu lernen; vor allen Dingen hatte ich den heimlichen Ehrgeiz, mit einer Auszeichnung im Salon wieder in Deutschland einzutreffen, und vor allen Dingen wollte ich niemals, wie es die übrigen Deutschen machten, infolge einiger Monate Aufenthalt in Paris sagen können, man hätte in Paris studiert. Mein Wunsch erfüllte sich nicht ganz, denn die Auszeichnung erhielt ich nicht, vielmehr wurde die Beschickung des Salons immer schwieriger, bis ich endlich im Jahre 1887 alle Bilder refüsiert erhielt. Dieses Unglück trieb mich nach Deutschland zurück. Ich fuhr nach Königsberg zu meinem Vater. Ich malte ihn und stellte dieses Bildnis in der Berliner Kunstausstellung, welche nach dem Lehrter Bahnhof verlegt war, aus. Der Erfolg fiel nur mäßig aus, in den Kritiken wurde ich arg vermöbelt. Es reizte mich aber, einen Versuch mit Berlin zu machen. Trotzdem ich zwei Seelen in der Brust hatte, von denen mich die intensivere nach München zog, wollte ich es doch in Berlin wagen. Zu jener Zeit stand Berlin in der höchsten Blüte. Die Bevölkerung war im Aufblühen begriffen, ein großes Interesse für Kunst war zuerst in der Entwickelung. Reichgewordene Finanziers waren vielfach vorzufinden, die tatsächlich etwas für die Kunst tun wollten. Malschulen waren für strebsame tüchtige Maler, die in der Tat etwas konnten, leicht zu gründen. Deshalb zogen viele junge Künstler von München nach Berlin herüber, und wenn einer gar Ausländer war, so war sein Glück bereits gemacht. Heute kann ich dieses alles von der Vergangenheit aus konstatieren. Aber zu der Zeit als ich daselbst auftrat, war ich ein verschüchterter junger Mensch, der nebst einem aufgestapelten Ehrgeiz, etwas lernen zu wollen, wohl in keiner Beziehung Mut und Entschlossenheit besaß, in abenteuerlicher Art etwas zu riskieren. Mein Vater war vollständig derselben Meinung und deshalb zog es mich auch wieder nach München, wo ich besser auf meine Art zu leben hoffte. Ich kann meinem Geschick nicht dankbar genug sein, daß es mich vor den Gefahren des schnellen Verdienenwollens durch meinen komplizierten Charakter bewahrte. Mein Verkehr in Berlin war interessanter Art. Ich suchte mit den jüngsten Berühmtheiten wie Stauffer-Bern und auch Klinger zu verkehren. Ich besuchte Stauffer-Bern in seinem Atelier in der Klopstockstraße. Dieses Atelier imponierte mir als Raum gewaltig. Ein merkwürdiges Schicksal, daß ich späterhin dieses Atelier die größte Zeit meines Berliner Aufenthaltes bewohnen sollte, wo ich meine besten Arbeiten geschaffen habe. Da ich nun schon einmal im Prophezeien bin, so möchte ich beinahe sagen, daß ich in diesem Atelier die größte Zeit meines Berliner Aufenthaltes verlebt habe. – Vielmehr heißt es vielleicht, daß ich mein ganzes Leben in diesem Berliner Atelier verbracht habe, denn wer weiß es? – Durch meine früheren Verbindungen aus München, welche ich möglichst aufrecht erhalten hatte, wurde ich wieder bekannt mit einigen Münchnern, welche nach Berlin herübergezogen waren, und durch diese hauptsächlich, wie ich schon sagte, mit Stauffer-Bern und Max Klinger. Das Leben in Berlin schien mir in jener Zeit unerschwinglich teuer, denn ich mußte mich knapp einrichten. Aber der gesellige Verkehr war immerhin möglich aufrecht zu erhalten. Wir schoben oft Kegel miteinander und vereinten uns sogar zu dem Weihnachtsfest. Aber bei der sentimentalen Stimmung, welche uns Deutsche hauptsächlich bei diesem Feste überfällt, wurde aus der brüderlichen Feier eine feindliche Dissonanz. Stauffer-Bern geriet mit mir aneinander und zwar so, daß ich ihn niemals mehr wiedergesehen habe. Er ging bald nachher nach Florenz, wo sich dann sein tragisches Schicksal entwickelt hat. Mit Max Klinger, welcher übrigens bei dem feindlichen Weihnachtsfest nicht mehr zugegen war, traf ich dann später in der Allotria in München nach Jahren zusammen. Er erinnerte sich meiner aus Berlin nicht mehr. Diese Gedächtnisschwäche verstimmte mich sehr. Es war für mich aber eine Lehre für das Leben, mit Vergeßlichkeiten vorsichtig zu sein, denn oft genug kam es mir auch vor, daß ich von jemand an ein Zusammensein erinnert wurde und daß ich mich oft verwunderte, warum der Frager pikiert sich von mir wegwandte, wenn ich keine Erinnerung daran mehr hatte. Von Ostern 1888 ging ich wieder nach Königsberg. Ich sollte meinem Vater etwas bei der Hand sein, denn er fühlte sich nicht ganz gesund. Im September wurde ich wieder zu einer Landwehrübung eingezogen. Als ich davon zurückkehrte, fand ich meinen Vater bereits sehr krank vor. Im Januar starb er, und ich mußte mich nun als einzelner Mensch versuchen durch's Leben zu schlagen. Bei einem Todesfall sind immer vielfache geschäftliche Angelegenheiten zu erledigen. So arg viel sollte ich nicht vorfinden, denn mein Vater hatte stets vorsichtig gewirtschaftet, auch war der Besitz hauptsächlich in einigen Häusern angelegt. Ich mußte mich immerhin, so viele Fähigkeiten ich dafür besaß, praktisch betätigen, doch wollte ich meine Zeit für die Kunst in keinem Falle irgendwie verkürzen. Ich mietete einstweilen ein kleines Atelier und malte so gut ich es konnte. Ein Motiv aus der Pariser Zeit spukte mir immer noch im Kopfe herum, welches mich heftig verlangte, daß ich es malen mußte: ›Ein Leichnam Christi auf rotem Ziegelfußboden‹. Ich schickte es 1890 in den Salon und erhielt dort endlich die so heiß erstrebte ›Mention horable‹. Jetzt ist das Bild in der Galerie zu Magdeburg. So hatte ich nun doch meinen Zweck, freilich einige Jahre später, glücklich erreicht. Aber vor allen Dingen ermutigte mich dieser kleine Erfolg, um meine Zelte in Königsberg abzubrechen und nach München zurückzugehen. Im Herbst 1891 traf ich in München ein. München war zu jener Zeit sehr lebhaft und die Künstler waren gleich einem schwärmenden Bienenschwarm sehr unruhig und neuerungssüchtig. In Paris war der alte Salon in Marsfeld-Salon und dem alten Salon geteilt; zwischen neuem und akademischem, jungen und alten – Meissonier – und Bouguereau – wie viele Bezeichnungen noch sein mochten. Die deutschen Künstler, welche namentlich in München das nachmachten, was Paris ihnen zeigte, imitierten bald die Revolution aus Frankreich. Der Glaspalast war offenbar die akademische Richtung mit ihrer Kneipe der Münchner Genossenschaft; für die Revolutionäre fehlte ihnen vorläufig die Organisation, aber die Kneipe hatten sie schon, ›die Allotria‹. Hier tagte Lenbach mit seinen Adjutanten. Er hatte das unangenehme Gefühl, daß seine Mitglieder hier gegen seinen Glaspalast bösartig vorgehen wollten, und deshalb donnerte er wie ein Jupiter auf alle seine Untergebenen und wehe dem, welcher gegen seinen Stachel löcken wollte. Dennoch half es ihm nichts und man gründete die ›Münchner Sezession‹, die berühmteste aller neu gegründeten Vereinigungen. An der Spitze war Piglhein, ein schwerkranker, dem Tode naher Mann. Von ihm schreibt der große Kunstforscher Muther: »seine schönsten Bilder sind die, welche er nicht gemalt hat«. Sonst war die ganze Jugend und die talentvollsten Künstler auf Seiten der Sezession. Sie organisierten, was sie konnten, und hoben sich gegenseitig in den Himmel, denn im Beweihräuchern waren die Münchner von jeher Meister gewesen. In der Wirklichkeit waren es aber nicht die Künstler, welche arbeiteten, sondern es standen doch befähigtere Menschen vor dem Wagen und sorgten, daß die Maler ihn weiter schoben. Da war vor allen Dingen der langjährige, jetzt reich gewordene Geschäftsführer des Glaspalastes an der Spitze: Paullus. Ferner der Besitzer der Zeitung, die Münchner Neuesten Nachrichten: Hirth und wohl noch mehrere, welche ich aber nicht weiter kannte. Von Malern waren Freunde von Paullus der Tiermaler Zügel und der Landschaftsmaler Dill; letzterer wurde vor allen Dingen als ein befähigter Organisator gepriesen. Ich schwamm vergnügt in diesem Strome mit, stolz darauf, daß man mich als eine Stimme mehr schätzte, ferner hatte ich aber das instinktive Gefühl, daß ich in dieser Clique weiterkommen konnte. In unserm Hauptquartier, in der Allotria, versuchte zwar immer noch Lenbach zu fluchen und zu wettern. Er fühlte seine Macht aber stark in der Minorität und als kluger Präsident, wie er stets war, wollte er sanft beibiegen, damit ihm nur nicht seine persönliche Macht verlustig ginge. Die erste Ausstellung der Sezession war von allen bisher arrangierten Ausstellungen die bei weitem schönste. Junge Talente, wie Stuck, wurden hier berühmt und über den Schellenkönig gelobt. Jedoch wurde die erste Brandbombe in das junge Unternehmen geworfen, als sie noch wähnten die Früchte abpflücken zu können. Ob die Untat mit Bewußtsein geschehen ist oder aus Leichtsinn? Obgleich ich dabei maßgebend beteiligt war, so möchte ich doch glauben, daß die Tat ohne Überlegung geschehen war. Mein Freund Otto Eckmann nämlich hatte nur mir und noch einigen Intimen den Vertrag gekündigt, weil wir von dem Vorstande nicht unsern Wünschen entsprechend behandelt worden waren. Für raffinierte Überlegung sprach zwar die Schlauheit unseres Rädelsführers. Eckmann hatte, von langer Hand vorbereitet, einen Kontrakt mit der Genossenschaft geschlossen, daß wir vom Glaspalast einen Extraraum zur Verfügung bekommen sollten und zwar, damit wir nach unserm Belieben eine Ausstellung arrangieren könnten. Da Platz genug im Glaspalast war, so fanden die Genossenschaftler vom Vorstande keine Schwierigkeit mit uns zu konferieren. Im Gegenteil, sie glaubten wegen der großen Gehässigkeit auf die Sezession noch Dank zu ernten, weil sie dem Übel mit einem Hieb den Kopf abgeschlagen hatten. Sie hatten aber nicht mit der Eifersucht ihrer Vereinigung gerechnet. »Was!« sagten sie, »die Stärkeren sollten durch ihre Gemeinheit vorzügliche Plätze bekommen und wir ehrlichen Künstler sollten gar refüsiert werden oder uns mit miserablen Plätzen begnügen? Dös gibt es fein net!« Und sie stürzten den Vorstand samt ihrem Präsidenten Stieler. Der Kontrakt wurde für nichtig erklärt, wie in der Diplomatie das auch öfters vorkommt. Wir hatten uns so zu sagen zwischen zwei Stühle gesetzt. Unsre freie Vereinigung flog auf mit Glanz. Diese Hetze mit der Genossenschaft war ja mehr komisch, aber ein sehr dickes Ende kam nach. Wir waren mit den Spitzen der Sezession sehr befreundet, wir liebten uns sehr. Gesiegt hatten sie wohl jetzt, aber mit welcher Schwierigkeit! Wenn wieder eine neue Verschwörung – und geschickter geführt – gegen die heilige Sezession eingeleitet wurde? Da mußte gegen die Verräter ein Exempel statuiert werden, wodurch jedem Neuerer die Lust danach für immer vergehen sollte. Wir wurden boykottiert, exkommuniziert. Wenn ich jetzt in die Allotria kam und mich an einen vollen Tisch setzte, so war nach einigen Minuten um mich eine Öde und Leere. Die Leute waren alle wie weggeblasen. Und so ging es auch auf den Straßen, oder wo ich sonst die Bekannten anzutreffen pflegte. Ich kann nicht sagen, daß dieses Ausgeschlossensein auf meine Gemütsart angenehm wirkte. Nun hatten wir genügend Zeit darüber nachzudenken, warum wir dieses alles eigentlich getan hatten. Ja warum? Wir waren beliebt gewesen, hatten reizende Menschen gefunden, auf die man sich sogar in der Not hätte verlassen können. Neid hatten wir gegen niemand und auch niemand gegen uns. Und doch hatten wir fast das Gemeinste begangen, was Menschen nur gegeneinander begehen konnten. Wir hatten, wie es so manches Mal ging, gedacht: So haben wir es eigentlich nicht gewollt. Jedenfalls war dieses nicht für schwache Naturen. Einige fielen von uns ab und Leute, die der Gegenpartei wertvoll waren oder Verbindungen hatten, wurden in Gnaden wieder aufgenommen, aber um uns etwa vier Mann blieb die Einöde bestehen. Wir hielten die ›freie Vereinigung‹ zwar krampfhaft aufrecht, stellten sogar in Berlin einmal mit Erfolg aus –

aber es wurde natürlich niemals das, was wir uns gedacht hatten. Und doch! – man arbeitete. In dem Arbeiten lag der einzige Genuß. Da niemand bestritt, daß das Unrecht auf unserer Seite war, so blieb es doch merkwürdig, daß einige wenige auf unsere Seite traten und überhaupt darüber viel gesprochen wurde, auf welcher Seite trotzdem das Recht wäre.

Jedenfalls weiß ich von mir selbst, daß ich nicht auf die Partei der ›Wohlgesonnenen‹ treten mochte. Ich liebte niemals als Herdenvieh mitzugehen, mit besonderer Leidenschaft schlug ich mich stets auf die Seite der Minorität und habe es nie bedauert. Denn da wir auf uns selbst gestellt waren, mußten wir viel intensiver arbeiten. Und siehe, das trug reichlich Frucht. Ausstellen konnten wir immer, wenn nicht in München, so doch in Berlin. Die Welt war groß, und die Hauptsache war die Tat. 1895 stellten Eckmann und ich im Glaspalast aus. Der erstere ›Lebensalter‹, ich eine ›Kreuzabnahme‹. Wir erhielten beide eine goldene Medaille. Außerdem wurde mein Bild ›Kreuzabnahme‹ von einem Maler zum ersten Mal in meinem Leben für 1350 Mark verkauft! Immerhin ein Zeichen, diese Auszeichnung unter wenigen zu erhalten.

Die Karnickel waren anfänglich Eckmann, Schlittgen, Exter, Strathman, Hans Olde, Behrens, Th. Th. Heine, Slevogt, Trübner und ich. Einige fielen bald ab und der Leser kann immerhin nicht abstreiten, daß die meisten Namen heute einen guten und stolzen Klang andeuten. In der Hauptsache standen Eckmann und ich bald allein. Zufällig bekamen wir bald Fühlung mit Schriftstellern – mit richtigen Dichtern. Ich hatte zwar früher einen schweizer Lyriker kennengelernt, dessen zweites Wort war: »Der Paul Heyse hier« und »Paul Heyse da«. Aber diese von jetzt waren schon von etwas anderem Kaliber: Der erste war Ruederer. Er bewohnte die Etage unter meinem Atelier. Und da er auch zu den Nörglern zählte, sympathisierten wir bald und mein Atelier klang bald von schmetterndem Dichtergezwitscher wider. Rueders Freund war zu jener Zeit – ich schreibe von 1894 ungefähr – der Dichter der ›Jugend‹ Max Halbe. Er war unter uns ein Herr ›bien arrivé‹. Ein ganz seltener Vogel, ein Genie unter uns allen war noch Frank Wedekind, dazu kam noch wie ein regelmäßiger Zugvogel im März, wenn die Münchner ihren Namenstag ›Joseph‹ feiern und der ›Zacherlbräu‹ von Salvator-Liedern ertönt: Otto Erich Hartleben, ebenfalls ein arrivierter Herr. Ihm lag sehr ernsthaft daran, die Humpen des köstlichen und schweren Salvators in ungezählter Anzahl Krüge hinter die Binde zu gießen. Seine Totenmaske sah ich im Jahre 1907 plötzlich im Atelier des Bildhauers Fritz Klimsch. Er war also auch mit ihm bekannt und wir erzählten wieder einander von seinem ›letzten Willen‹, daß er den Kopf abgeschnitten wünschte und extra verbrannt haben wollte. All diese trafen wir häufig in einer Vereinigung, die ›Nebenregierung‹, denn der Deutsche wird wohl vorläufig noch nicht ohne Vereinigung und Kneiplokal auskommen können. Uns beiden Malern war dieser Kreis vollständig neu und wir fanden ihn viel anregender, als früher mit den stumpfsinnigen Malern zusammen zu hocken. Der Interessanteste – von vielen, auch von uns angefochten, war ohne Zweifel Frank Wedekind. Uns blieb er unverstanden oder vielmehr, wir lachten uns eins und wollten vor lauter Hohn uns beinahe ausschütten. Im Café Minerva hielt einstmals Wedekind einen Leseabend über sein Theaterstück ›Sonnenspektrum‹. Wir lagen mehr auf der Erde, als daß wir gleich gesitteten Menschen auf Stühlen saßen, und kriegten Lachkrämpfe. Er deklamierte das Stück mit einem fast unheimlichen, ernsthaften Pathos, so daß man nicht recht wußte, war es seinerseits, daß er sich einen Ulk mit uns machen wollte oder war es ihm doch heiliger Ernst. Als er gar noch ein sentimentales Lied aus einem Akt zu singen anfing, waren wir vollständig aus dem Häuschen und wanden uns, schlugen mit der Faust auf den Tisch, daß Auerbachs Keller nichts dagegen war. Darauf fragte ihn Eckmann, ob er doch nicht die Karikatur zu weit getrieben hätte, und Wedekind antwortete ihm darob mit ernsthaftester Leichenbittermiene: »Mein Werk ist eine Ode an die Schönheit!« In dieser ernsthaften Pose leistete Wedekind gewaltiges.

Sein ›Erdgeist‹ wurde in München zum ersten Male aufgeführt, und wer Dichter in Premieren gesehen hat, weiß, wie aufgeregt sie sind und wie diese Aufregung den Schauspielern mitgeteilt wird. Dazu spielte Wedekind noch persönlich die Hauptrolle seines Stückes. Es wurde während des Spiels wie rasend gezischt und gelacht. Wedekind ließ sich aber nicht aus seiner Ruhe bringen. Mit der gleichen Ruhe sprach er die Paradoxe aus, welchen ein ungewollter Heiterkeitserfolg auf offener Bühne folgte, wie seinerzeit die Vorlesung in unserem Café Minerva. Wenn man aber nun noch wußte, daß hinter den Kulissen ein Detektiv lauerte, um Wedekind zu verhaften, weil er des Majestätsverbrechens angeklagt war, so blieb die diabolische Dämonie rätselhaft, daß er nach Schluß des Stückes noch Zeit gewinnen konnte, im nächsten Zuge nach der Schweiz zu entwischen. Rätselhaft, daß so viele Züge, welche ich bei andern so bewundern konnte, mich nicht bei Wedekind zum Enthusiasmus hinreißen konnten. Vielleicht bin ich doch dieses eine Mal von andern beeinflußt worden und habe in das Feuer geblasen, während es von andrer Seite geschürt worden. – Immerhin möglich!

Ein anderer dämonischer Mensch war Otto Erich Hartleben. Ich habe ihn schon einmal zitiert. In der Residenzstadt hatte er eine große Anhängerschaft; sie lachten über jedes Wort, welches er aussprach, denn er war als ein witziges Luder verschrieen. Aber vor allen Dingen litt er unter einem unauslöschlichen Durscht. Wo er einen guten Tropfen witterte, war er sofort da. Deshalb kam er regelmäßig zum frischen Anstich des Salvators nach München und verband diesen Ausflug zugleich mit einer Weinreise nach Tirol, etwa zum Batzenhäusl nach Bozen, wo der Wirt ihm einen nach ihm benannten Stuhl zu eigen gegeben hatte. Da konnte denn jeder neugierige Gast deutlich lesen: »hier hat Otto Erich Hartleben gekneipt.« Wiederum ergriff er auch gern die Gelegenheit, in Berlin Stellen zu zeigen, in die sonst ein Fremder sich nicht hinfand. Wo Hartleben mit einem Gast kam, war er stets herzlichst willkommen. Er war meistens beliebt wegen seines Witzes, der aber auch hin und wieder recht unangenehm die Opfer treffen konnte. Die Kneipreise fing er gemächlich und würdig an, steigerte sich aber bis lange nach Mitternacht und hörte dann überhaupt nicht auf. So lange Lokale offenhielten, und in Berlin gab es einige dieses Charakters, kneipte er weiter und zufällig mußte er den nächsten Vormittag ein Nickerchen machen, damit ihm sein Begleiter entwischen konnte. Wenn er dann sein Haus betrat, mußte seine liebe Frau Mopchen mit allen Hausmitteln ihn wieder in eine normale Fasson bringen. Trotzdem infolge seiner Debauchen seine körperliche Verfassung schon etwas klapprig wurde, ging es ihm pekuniär besser als früher. Er verdiente viel mit oft aufgeführten Stücken und kaufte sich am Gardasee ein schönes Haus, wo er allein seine letzte Zeit zubrachte, aber nicht etwa als Abstinenzler – nein! einen guten Trunk liebte er über alle maßen – und auch mit feminina generis. –

Unter diesem Verkehr mit Schriftstellern war es also weiter nicht verwunderlich, daß ich auch hin und wieder einzelne Töne in die Leier greifen wollte, zumal ich den Trieb schon immer hatte, meine Gedanken in geschriebene Worte umzuformen. Meine Aufsätze in der Schule hatte der Lehrer unter brüllendem Gejohle der Klasse laut vorgelesen und mich mit dem ›Carlchen Miessnick‹ im Kladderadatsch verglichen. Also alle Anwartschaft auf einen gewissen Stil war gegeben. Mit aller Mühe brachte ich aber nicht viel heraus. Da besuchte mich wie gewöhnlich mein Nachbar von unten, Joseph Ruederer, und ich nahm mir den Mut, den Aufsatz, welchen ich später ›der Lederhandel‹ betitelte, laut vorzulesen. Neugierig hörte er mir zu und sagte mir, daß die Geschichte interessant wäre, wie ich wohl selbst wüßte. Er gab mir einzelne Winke, wie man arbeiten sollte, wie der Leser meistens klüger wäre, als man selbst dächte, deshalb müßten überflüssige Sachen weggelassen werden, vor allem Andeutungen geben statt langer Erklärungen und dann vielfach mit Dialogen abwechseln etc. etc. Ich hörte mit gespitzten Ohren zu und korrigierte daraufhin eifrigst meinen Aufsatz. Ich konnte schon garnicht erwarten, bis er am nächsten Tage wieder heraufkam, um seinen Unterricht fortzusetzen. Aber das war die erste und einzige Erziehung, die ich in der Kunst des Dichtens erhalten hatte. Beim Eintritt in mein Atelier schien er nicht nur keine Erinnerung mehr an die gestrige Vorlesung zu haben, vielmehr zeigte er deutlich, daß er nicht mehr daran erinnert sein wollte. Deshalb ließ ich mich aber nicht entmutigen und versuchte in meiner Art mich zu verbessern. Als ich in Berlin ansässig wurde und mich bereits in einigen Artikeln in Zeitungen gedruckt sah, erhielt ich wieder neue Gesichtspunkte. Dieser Lehrer war ein kluger Verleger. Hatte Ruederer von der Intelligenz des Lesers gesprochen, so sprach mein neuer Lehrer von der Dummheit des Lesers und des Publikums. Sein Prinzip war, man könnte nicht oft genug dem Publikum unter die Nase reiben, worauf es dem Schreiber eigentlich ankomme, und man könnte dem Leser nicht oft genug wiederholen und immer in neuer Auffassung, was der Schreiber eigentlich gedacht haben wollte. Mir war das Interessante, daß der milde Beurteiler des Publikums ein fachmännischer Schriftsteller und der andere, welcher das Publikum en canaille behandelt wissen wollte – ein Verleger war. Jedenfalls ist mir die Aufgabe des Schreibens viel schwerer gefallen als irgend etwas anderes von meinen künstlerischen Betätigungen.

Ob ich es hätte bei dem lateinischen Sprichwort bewenden lassen: »si tacuisses etc.« – ist mir gleichgültig, habe ich doch an diesen meinen Arbeiten auch meine Freude gehabt!

Aber mit dem vielen Reden über die heutigen Dichter vergesse ich ganz, daß ich ein Maler bin und von meinen Kollegen ausgestoßen war. Ich war der einzige unter den Schlimmen, welcher hin und wieder die Allotria besuchte. Ich hoffte von der Zeit, daß Versöhnung uns blühen könnte, aber die Leute blieben härter, als ich es vermutete. Ich hätte manches drum gegeben, wenn ich die Vergangenheit hätte auslöschen können. Aber so muß man sich denn auch in diese Fügung des Himmels geben. Ich sprach bereits, wie an der künstlerischen Kraft meiner Produktion nichts schwächer geworden war. Im Gegenteil, ich fühlte ein Erstarken und ein Vorwärtskommen, dessen ich mir vollauf bewußt war und mich freute. Von der ›Kreuzabnahme‹ und dessen Erfolge sprach ich bereits. Als nächstes Bild hatte ich eine ›Salome mit dem Haupte des Johannes‹ in der Arbeit. Ich fand dieses Bild ganz gelungen und glaubte, wenn ich an die Sezession schriebe um Papiere zur Ausstellung, würde man mir diese wohl ohne weiteres schicken. Es war vergebliches Hoffen. Der Vorstand refüsierte. Nun zeigte ich das Bild meinem Freunde Walter Leistikow, der gerade in München für die Berliner Sezession agitierte. Er war enthusiasmiert davon und bat mich, das Bild der Berliner Sezession zu geben, die es mit tausend Freuden ausstellen würde, und er erwartete von diesem Bilde einen kolossalen Erfolg. Es traf so ein. Ich wurde für Berlin eine ›Kapazität‹. Schon seitdem mit der Münchner Künstlerschaft keine Versöhnung zu erzielen möglich war, hatte ich Blicke nach Berlin zur Übersiedelung hinübergeworfen. Als geborener Preuße schien es mir nur natürlich zu sein, mein Fortkommen dort zu suchen. Helfen und getreulich zur Seite stehen wollte mir Walter Leistikow. Unsere Bekanntschaft hatte sich im Laufe der Zeiten zu einer Freundschaft entwickelt. Er überredete mich mit allen Mitteln, die ihm zu Gebote standen, und versprach mir goldene Berge. Der Aufschwung Berlins, die Verbindungen mit wichtigen Persönlichkeiten versprachen, daß ihre Sezession, welche er in Verbindung mit Liebermann gegründet hatte, reüssieren mußte. Die Talente, welche in Berlin freilich noch etwas knapp waren, glaubte man durch Herüberziehen aus anderen Städten Deutschlands nach Berlin bald beglichen zu haben. Von dieser

Seite konnte ich es auch nur ansehen, daß er so sehr in mich drang, nach Berlin zu gehen. Ich war für sein Werben ein Talent mehr zur Festigung der Berliner Sezession. Ich wollte aber vollständig sicher gehen und nicht das schmutzige Wasser ausgießen, bevor ich das reine hatte. Deshalb mietete ich ein provisorisches Atelier in der Lützow Straße auf ein halbes Jahr und behielt meine Münchner Wohnung noch auf weiteres.

Das nächste Bild war Perseus und Andromeda. Es wurde eines meiner schwierigsten Bilder. Projektiert war es auf die Breite von drei Metern mit Pferden und Pagen, sowie einem ganzen Drachen und Amoretten. Rechts aus den Berghöhlen treten Frauen mit Schmuckgegenständen. Da es aber mich nicht befriedigen konnte und ich an der Schwierigkeit meiner Aufgabe fast verzweifelte, schnitt ich es eines schönen Tages auf ein solches Minimum herunter, daß nur die beiden Hauptfiguren blieben, links deutete ich anstatt des Pferdes eine See an und rechts die Schnauze des Drachens und Berge ohne Figuren.

Ich war insofern nicht befriedigt, weil ich das Bild nicht in meinem ursprünglichen Entwurf beibehalten hatte, was mein Hauptprinzip war, aber allmählich befreundete ich mich doch damit und heute gilt es als eines meiner besten Bilder. In dem halben Jahr (Winter von Oktober), das ich in Berlin zubrachte, studierte ich das Wesen der Großstadt und war entschlossen, als ich im April noch einmal nach München zurückfuhr, für den Herbst endgültig meinen Wohnort nach Berlin zu verlegen. Von der Intrige gegen die Münchner Sezession mit meinem Freunde Otto Eckmann, als ich die Kreuzabnahme malte, datiert mein Aufstieg. Ich kann wohl mit Recht behaupten, daß gleich das erste Jahr in Berlin ein bedeutender Höhepunkt war. Als ich von München Abschied nahm, hinterließ ich keine Freunde, nur böse Erinnerungen. Die beiden Freunde, welche ich im Leben hatte, Otto Eckmann, welcher bereits ein Jahr früher nach Berlin gezogen war, um eine Berufung an die Kunstgewerbeschule anzunehmen, und Walter Leistikow, welchen ich bereits bei meinem früheren Aufenthalt 1887 kennengelernt hatte, hatten mich mit Ratschlägen, den Wohnsitz zu wechseln, eifrigst unterstützt und ihnen habe ich auch zu danken, daß alles pünktlichst eingetroffen ist, wie wir es verabredet hatten. Im Anfange des Jahrhunderts, von 1900 an, war Berlin nicht mehr ganz auf der nervösen Höhe, wie es in den achtzehnhundert achtziger Jahren war. Aber man konnte annehmen, daß es dafür auch stabiler bleiben würde. Größere Fortschritte und eifriges Studieren an mir selbst konstatierte ich, als ich die geplante Malschule eröffnete. Die oberflächlichen Münchner Bekannten lachten sich eins, wenn sie hörten, daß ich eine Malschule eröffnen wollte. Aber die Erfahrungen Leistikows und sein Versprechen, mir in jeder Beziehung darin zu helfen, waren viel mehr wert als die äußerlichen und nichtssagenden Bemerkungen der Münchner Bekannten. Ich fühlte den Beruf in mir, Lehrer zu sein und darin täuschte ich mich nicht. Tatsächlich habe ich bis zum Ausbruch des Weltkrieges eine sehr große Menge von Schülern und Schülerinnen ausgebildet und kann mit Recht sagen, daß ich auch eine ziemliche Anzahl herangebildet habe, welche für die zukünftigen Zeiten tüchtige Menschen zu werden versprachen. Für mich war aber die Malschule zugleich ein Arbeiten an mir selbst. Nun wurde mir auch zuerst vieles klar, was meine Lehrer mir bereits früher begreiflich machen wollten. Fortwährend Modelle um sich sehen, ist ebenfalls höchst lehrreich. Auf jeden Fall rate ich einem Künstler, seine letzte Vollendung durch Unterricht selbst zu erringen zu suchen. Ich möchte noch die Bilder, welche ich in jener Zeit gemalt hatte, anführen; vielleicht, daß sie in kommenden Jahren zu den besseren jener Zeit gezählt werden: ›Mädchen mit Stier‹, ›Der Harem‹, ›Jugend des Zeus‹ und ein Bild, auf das ich große Stücke halte, ›der Frauenräuber‹ von 1904. Ferner zahlreiche Bildnisse, welche die Kunsthallen Bremens, Hamburgs, Mannheims erworben haben. Eines macht mich aber besonders stolz: Auch in meiner Heimat fing man allmählich an, sich für mich zu rühren, so daß es von mir nicht heißen kann: »Der Prophet gilt nichts in seinem Vaterlande«. Sowohl in Königsberg wie in meiner Geburtsstadt Tapiau traten Männer für mich ein, welche im besten Sinne auf mich als Künstler aufmerksam machten.

Ninhagen bei Doberan, 8. Juni 1917

Eigene Buchreihe oder eigenen Verlag gründen

Seit 2009 bietet tredition sein Verlagskonzept auch als sogenanntes "White-Label" an. Das bedeutet, dass andere Unternehmen, Institutionen und Personen risikofrei und unkompliziert selbst zum Herausgeber von Büchern und Buchreihen unter eigener Marke werden können. tredition übernimmt dabei das komplette Herstellungs- und Distributionsrisiko.

Zahlreiche Zeitschriften-, Zeitungs- und Buchverlage, Universitäten, Forschungseinrichtungen u.v.m. nutzen diese Dienstleistung von tredition, um unter eigener Marke ohne Risiko Bücher zu verlegen.

Alle Informationen im Internet: **www.tredition.de/fuer-verlage**

tredition wurde mit mehreren Innovationspreisen ausgezeichnet, u. a. mit dem Webfuture Award und dem Innovationspreis der Buch Digitale.

tredition ist Mitglied im Börsenverein des Deutschen Buchhandels.

Dieses Werk elektronisch lesen

Dieses Werk ist Teil der Gutenberg-DE Edition DVD. Diese enthält das komplette Archiv des Projekt Gutenberg-DE. Die DVD ist im Internet erhältlich auf **http://gutenbergshop.abc.de**